有爱的青春陪伴者

你踩在我心上了

ni caizai woxinshang le

稚初 /著

花山文艺出版社
河北·石家庄

图书在版编目（CIP）数据

你踩在我心上了 / 稚初著. -- 石家庄：花山文艺出版社，2020.3
 ISBN 978-7-5511-1220-8

Ⅰ.①你… Ⅱ.①稚… Ⅲ.①长篇小说－中国－当代Ⅳ.①I247.5

中国版本图书馆CIP数据核字(2019)第278997号

书　　名	你踩在我心上了
著　　者	稚　初
统筹策划	张采鑫
特约编辑	廖晓霞
责任编辑	郝卫国
美术编辑	胡彤亮
责任校对	董　舸
装帧设计	蔡　璨　西　楼
封面绘制	小石头
出版发行	花山文艺出版社（邮政编码：050061）
	（河北省石家庄市友谊北大街330号）
销售热线	0311-88643221/29/35/26
传　　真	0311-88643225
印　　刷	长沙鸿发印务实业有限公司
经　　销	新华书店
开　　本	880×1230　1/32
印　　张	9
字　　数	175千字
版　　次	2020年3月第1版
	2020年3月第1次印刷
书　　号	ISBN 978-7-5511-1220-8
定　　价	36.80元

（版权所有　翻印必究·印装有误　负责调换）

目录

NICAIZAIWO XINSHANGLE

001/ Chapter 01
春光无限好

025/ Chapter 02
为八卦事业献身

054/ Chapter 03
天涯何处无芳草

075/ Chapter 04
那就吃了你

105/ Chapter 05
你是不是喜欢我

139/ Chapter 06
我可能要完了

174/ Chapter 07
为什么？因为你

199/ Chapter 08
因为太喜欢，所以忍不住

237/ Chapter 09
幸好我能遇见你

271/ Extra episode
漫长岁月又有何惧

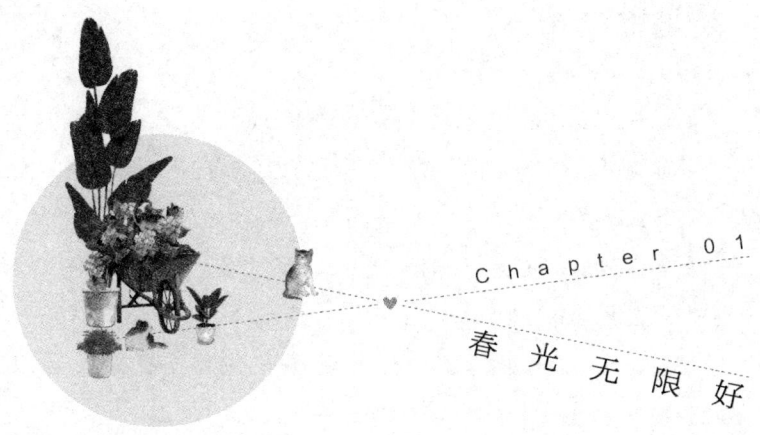

Chapter 01 春光无限好

01

林绶,二十一岁摇滚歌手出道,历经三年,成绩平平,但因为上天赏饭吃,长了一张好看的脸,因而热度不断,绯闻满天飞。

最热门的话题有三:

林绶整容。

林绶抱大腿。

林绶耍大牌。

说他整容,是对他长得好看的嫉妒!

你踩在我心上了

说他耍大牌，是对他耿直性格的误解！

说他抱大腿……这能忍？他没享受到抱大腿的优势却背着抱大腿的骂名，谁都不同意！

所以，林绥在最近一次的采访中以一己之力，力压众媒体，愤怒之余差点没忍住上脚踹。

然后，他就拥有了热气腾腾的新话题——林绥恼羞成怒，疑似被包养。

林绥与方易面对面坐着，一时相看无言。

林绥在冗长的缄默后动了动脚，刚站起身，方易就探过来一把抱住他的腰，不管三七二十一就开始号。

"小祖宗！你要知道对方现在一首词已经卖到五百万了！多少人求都求不来的合作机会，这会儿送上门，还给你提供资源！你真的要拒绝吗？你是不是脑袋'瓦特'了？"

林绥用力甩了甩，没挣开，顿时怒火三千丈。

"我看是你脑袋'瓦特'了！我让你想办法澄清包养的绯闻，你倒好，直接给我接了个包养的合约！你真是个人才！回南天的雨都下在你脑袋里了吧！你放开我，我绝对不会接受的！"

方易誓死不放，连忙说道："万事好商量，你先听我给你解释啊。你现在绯闻缠身，被全网骂得狗血淋头，之前接下的通告纷纷解约，现在收入少之又少还不够你还房贷。今早的会议上，公司的态度你也看到了，他们压根儿就不打算管你，你自己不努力的话，你的星途就完蛋了!"

方易生怕林绥甩开他的手,一口气不带断地说完一整段话,林绥还没反应,他倒是差点因缺氧而晕厥。

林绥看了他一眼:"我努力?努力抱大腿吗?"

"也、也不是……不可以……"

林绥虽然百般不愿,但还是坐回沙发上。

他出道三年,虽然一直不温不火,但该做的工作都做了,本身是摇滚歌手,但因为反响平平也尝试过其他歌曲类型,然而,他就像一颗落入泥潭的石子,怎么折腾都翻不出浪潮,加之天生自带"黑"属性,无论做什么,网上都是一抹黑。

林绥童年时曾阴错阳差在一部电影里饰演了主角小时候的角色,那部电影一夜爆火,连带林绥都火了一把。他当时以为,这是上天在他和娱乐圈之间架起了一座沟通的桥梁,但现在想来,这桥明明是一座奈何桥!

林绥冷静下来之后才回想起,方易方才说过的话。他蹙眉回想了几遍,猛地侧头看向方易,连声音都带上轻颤:"你刚说,他一首词都卖到五百万了……他他……不是吧,顾岸他今年没有七十也有六十了吧……方易,你还是人吗?人家都能做我爷爷了!你……"

方易眼疾手快再次抱住暴跳如雷的林绥,慌不择言道:"你冷静点,爷爷!"

林绥顿了顿,怒目而视:"不是,我这辈分怎么还降了!"

你踩在我心上了

方易：人生好难。

"好好好，小祖宗你冷静点。"方易拉着对方坐下，空出一只手去拿桌上的合约，"不是顾岸，是有'小顾岸'之称的鹿予。"

顾岸是圈内著名的作词人，大红大紫的前辈当中百分之九十的人都用过顾岸的词。年过半百之后，顾岸就属于半隐退状态，圈内已经好几年没有他的新作品出现，而他最新的一条微博，是在半年前，转发一篇关于鹿予拿"圣言奖最佳作词人"的文章。

他只评论了两个字：挺好。

娱乐圈刹那风云变幻，众人都认为这是变相的盖棺定论，首肯了鹿予"小顾岸"的美誉，关于鹿予的新闻顿时上热搜。鹿予所写的歌无一例外大火，她现在可谓是娱乐圈炙手可热的作词人。但她性子冷，除了慈善，几乎不涉足娱乐圈的活动，给不给写歌完全看心情，恃"才"而骄，非常轻狂。

林绥只在前阵子的慈善晚会上远远见过对方一面，连话都没说上，之后就爆出他耍大牌的绯闻，紧随而至是铺天盖地、子虚乌有的黑料，他的星途一度暗淡无光。

然后，现在告诉他，鹿予要包养他？开什么玩笑！

林绥翻开合约，径直翻到最后一栏落着鹿予签名的位置，诚心诚意道："易哥，我知道果果年纪小，你紧张他的奶粉钱，但你也不能做出'假冒伪劣'的事情啊，犯法是要坐牢的！"

方易一脸淡然地抬手把合约往前翻了翻："这里有鹿予的联系

方式,她助理说,你有任何问题都可以打电话询问,我刚试过了,确实打得通。"

林绥顿了顿,低头继续翻合约。

合约里说,期限是一年,但并没有指出任何具体需要做的事情,只模棱两可地表达买他一年的时间,收益是,他想要的任何东西。

啧,岂止轻狂,简直嚣张!

林绥之前不是没碰过这种事,但没有一个人敢说能给他想要的任何东西。他见过鹿予,印象里,对方就是一个不苟言笑的小女孩,比他还小一岁。

他顿时罪恶感横生。

林绥抬头问:"鹿予是什么来路啊?"

方易见他稍有松动,立马凑上前解释:"鹿予虽然年纪不大,但成绩有目共睹,去年拿了最佳作词人奖之后名气更是如日中天,这是大家都知道的事情。还有一件事,虽然众人都默认,但我觉得你应该不知道,她是昔日影帝鹿铮的女儿。"

方易指了指休息室墙上的公司logo:"鹿家资产雄厚,听说我们星途公司的股份,鹿铮也占有一席之地,不过具体是多少,我还没去打听。"

林绥越想越不对劲,正皱着眉思考,方易立马道:"也不是现在就要签,要不,我帮你跟鹿予约个时间见面?"

林绥靠在沙发上,脑海里突然浮现出对方那双冷淡的杏眼,拒

你踩在我心上了

人于千里之外又引人上前。但他跟鹿予根本一点交集都算不上,对方为什么要……

林绥嘴角抽了抽:"她不会是有什么特殊爱好吧?"

方易想了想:"这倒是没听说,不过圈内很多艺人都试图跟她套过近乎,但无一例外都被她无视了,其中不乏长得好看的,如果她真有什么……肯定不会都拒绝吧?"

林绥:"那她为什么挑中我?"

方易顿了顿:"可能是她脑袋'瓦特'了。"

林绥:"……"

02

林绥决定跟鹿予见一面。

但既不是因为他要放弃出淤泥而不染、濯清涟而不妖的初心,也不是他破罐子破摔,为五斗米折腰,是因为……他没钱还房贷。

林绥人生中三大爱好,唱歌、演戏、买房,虽然前两项发展得不是太顺利,但第三项执行得还算不错,想他林绥房产遍地(并没有),一心贯彻落实"走到哪儿,哪儿就是我家"的美好愿望,而如今梦想临近夭折,银行虎视眈眈,他不得不采取措施解决。

当然,这只是其中一个原因,另一个原因是,他近期打听到一个消息,鹿予与廖琰之间有千丝万缕的关系!

廖琰是谁啊,那是他最大的死对头啊!

廖琰与他同一时期出道，首秀是在同一个综艺节目，发布第一首单曲是在同一时间段，还差点进入同一家公司，听闻星途有意签廖琰，但廖琰不愿意，签了西行公司。

不明真相的路人一度以为他们是手牵手一同出道的"二人转"团体，所以两人频频被网友拿来做比较，比较演技，比较唱功，比较热度，比较样貌……比样貌这能忍？

于是，林绥打开了网友自发举行的"林绥与廖琰谁更好看"的投票网页，一口气给自己连投了十票！

虽然官方说法是两人平分秋色、各有千秋，但毕竟观众的眼睛那都是列文虎克的显微镜，林绥获胜是意料之中的事情，偏偏廖琰的粉丝跳脚买通稿黑林绥整容，自此双方粉丝撕得不可开交，两人正式结下梁子。

林绥深深怀疑自己这次网上"一抹黑"的现状，有廖琰的水军从中作梗，挑拨离间，因为几乎同一时间，就有营销号谣传他是廖琰命中的克星与劫难，从八字五行，到三才五格，分析得头头是道、有理有据，要不是那八字跟他的对不上，他差点信以为真。

当然，最主要的是他这边原本就摇摇欲坠的危楼一塌，廖琰那边转眼就起高楼，宴宾客，星光璀璨，宛如重生。

而让廖琰腾空大火的那首歌，是鹿予写的。

"你知道小陈吧，就公司里经常负责跑腿的那个，他最近不是调去一个新人演员那里当助理吗？有一次我在茶水间碰到他，他就

你踩在我心上了

"跟我吐槽那位新人有多刁钻刻薄,上周五深夜两点多还让他跑去外面买咖啡,我们这边也就一间'慢谈'是二十四小时营业的咖啡馆,他说他当时好像看到廖琰了,坐在角落和一个女生聊天,那女生的样子很像鹿予。"

前方红灯亮起,方易讪讪地刹车停下,继续道:"当然,也有可能是看错眼,不过,鹿予去年拿奖之后就悄无声息了,众多当红歌手跟她邀歌她都没搭理,怎么会给不温不火的廖琰写歌,怎么看都像是要帮他一把……"

林绥拉了拉头顶的帽檐,把一双桃花眼堪堪遮住。今天的太阳很大,从窗外跑进来的阳光一蹦一跳地落在他敲打的指尖上。

方易一边默数指示灯上的数字,一边等林绥回话。林绥很少有这样沉思的时候,这阵子的事情太多,无论是网络暴力还是公司的冷漠态度,无疑都是当头的一场瓢泼大雨,浇得人内外冰凉,哪怕再强大的心理防线也会被击溃吧。

方易其实一直觉得林绥不适合娱乐圈,他太过耿直善良,想法简单,但娱乐圈可是一潭深水,他这条浅水鱼活得不太容易。

唉,我可怜的小祖宗。

绿灯亮起,方易驱车前往,他透过后视镜看了看,见林绥一动不动,顿时一阵心软。

"你也别太担心,我们就去和对方见一面,如果你还是接受不了……我们就婉拒,回头再想办法。喜欢你的粉丝还是挺多的,她们……"

方易话音戛然而止,竖起耳朵静了静,一阵平缓安稳的呼吸声悠悠传来。

林绥睡着了……

方易:对不起,打扰了,当我没说。

别人是心比天高,林绥是心比天大。方易内心腹诽,抬手把兀自响着的电台关了。

林绥醒来时,方易正在和他四岁的儿子果果通视频。

林绥睡眼蒙眬地凑上前,果果顿时一阵尖叫,带着稚嫩的小奶音喊林绥"哥哥"。

林绥一边揉头发一边冲果果笑了笑。方易在一旁冲林绥使眼色,林绥余光一瞥,顿时了然于心。

"果果今天的药吃了吗?"

果果一改先前抗拒的态度,眯着眼直笑,软糯糯地撒娇:"要哥哥亲一口才能吃!"

方易顿时小声笑骂:"小兔崽子你都四岁了,还要亲亲,羞不羞啊?"

果果置若罔闻,等林绥凑近镜头把两指压在唇上"么么"飞吻两声才心满意足。

"哥哥,你长得也太好看了吧!你是不是小天使啊,你把翅膀藏起来了吗?"

你踩在我心上了

林绥故作神秘地挑挑眉,笑着哄果果把药吃了,答应下次去找他玩。

方易挂了视频之后,林绥才问起果果的情况。果果有哮喘病,之前方易听说有一款中医膏方对于稳定病情有帮助便买来试试,但果果经常不配合。

"病发的次数少了,希望能一直稳定下来吧。"

方易神情一顿,锁上手机准备放进口袋里,但奈何手指一滑,手机滚入车座下,他正弯腰捡手机,林绥已经拉开车门下车了。

方易探出车窗,忧心忡忡地问:"要不要我跟你一块去?"

林绥支起一只手指顶了顶帽檐,打着哈欠道:"不用,她一个小女孩有什么好怕的!"

林绥踩着话音往小区的保安室走。鹿予也是奇怪,约他在家里见面,难道才华横溢的人都这么怪里怪气?

林绥正想着,方易突然从身后喊了一句:"男孩子在外面要保护好自己啊!"

林绥随即踉跄一下。

方易收回脑袋,心里既担忧又期待,担忧林绥名节不保,又期待林绥名节不保。

人真是矛盾的生物。

方易窝在驾驶座上,翻着手机里果果的照片,屏幕顶端突然跳出一条信息。

林绥给他转了一笔钱：

"给果果买膏方。"

03

林绥昨晚设想过好几种两人见面的场景，鹿予虽然比他小一岁，但人家威名在外，他怎么着也得放尊敬点，哪怕对方觊觎他的美色，他也一定要举止端庄、不慌不忙。

可谁料，鹿予盘腿坐在毛绒地毯上，一脸淡然地拿着游戏手柄问他"玩游戏吗"。

玩，谈话继续。

不玩，全剧终。

林绥顿了顿："玩……"

鹿予玩的是《极品飞车 OL》，林绥没玩过，但大多数赛车游戏都大同小异，他学着鹿予的样子盘腿而坐，车身跟跟跄跄地转过弯道。

鹿予玩游戏的时候很认真，认真到林绥觉得自己有点多余。他偏头看了看对方，鹿予的长发绾在耳后，侧脸洁净白皙，睫毛很长，看起来……还挺乖巧。

林绥正想收回视线，冷不丁鹿予转过头，目光直接又波澜不惊。

引擎声忽然一停，屏幕上显示出先后排名。

鹿予放下手柄："怎么样？"

林绥恍恍惚惚："挺好看。"

你踩在我心上了

鹿予眉间一皱,没明白对方的意思。

林绥猛一回神,言辞恳切地指着屏幕道:"这画质,真好看!"

"嗯。"鹿予侧头看了眼,走到一旁的沙发坐下。

林绥坐在对面的单人沙发上,表面镇定自若,内心一阵忐忑。

鹿予歪头看着他,半晌没说话。

林绥脑袋里一阵狂风暴雨。

她不会真的喜欢我吧?她看上我了?虽然之前经常被这种迷离的眼神所注视,但她也看得太久了吧!验货吗这位同学!

鹿予双唇轻启,林绥顿时压下一口气。

鹿予:"你是?"

林绥:"……"

嗯?

我走错地方了吗?

林绥活了二十四年,从未有一刻像现在这样,觉得自己这张脸涨红又生疼,在细微的空气分子中羞愤得炸裂成天边一朵蓬松的云。

他嘴角一抽:"你好,鹿……前辈,我是林绥。"

鹿予一脸恍然大悟:"你好,不好意思,我记性不太好。"

鹿予的表情有点夸张,仿佛是刻意做的掩饰。但是,鹿予有什么好掩饰,八成是他自己看错了吧。

不过林绥现下倒是更怀疑鹿予向他递出橄榄枝的举动了,这明明是初次见面的情况吧,别说是对他暗生情愫了,连一见钟情都说不过去。

现在只有一种解释,要不是方易脑袋"瓦特"了,要不就是鹿予脑袋"瓦特"了!总有一个人脑袋是"瓦特"的!

鹿予仿佛这一刻才想起什么,从旁边的冰柜里取出两瓶矿泉水,一瓶拧开放在对方眼前,一瓶自己喝。

"你对合约有意见?"

林绥盯着桌上拧开的矿泉水,深吸了一口气:"鹿前辈……"

鹿予打断道:"叫鹿予就行。"

林绥顿了顿,直接跳过称呼:"我直说了,我很感激你对我伸出援手,但是,对不起我不能答应。"

"为什么?"

林绥咬咬牙:"我,卖艺不卖身。"

话音坠地,四周一片寂静。

林绥莫名其妙地抬起头,就见鹿予睫毛忽闪,一脸茫然,语气斩钉截铁,甚至有点着急。

"你想得美。"

林绥:这话我真没法接。

"临安音乐学院的教授,陈止,你认识吧,他是我恩师,我之前去拜访他,他提了一句让我在力所能及的范围内帮你一把。"鹿予仰头灌了一口矿泉水,边拧瓶盖边说,"我只是还他人情。"

那你这力所能及的范围也太大了!

你踩在我心上了

　　林绥高中时搬过一次家，在那之前他的邻居一直是陈止，对方还教过他一些乐理知识和发声技巧，两家关系一直很好。但搬家之后，他和陈止的联系便渐渐减少，他从来没想过有朝一日竟承蒙对方的关照。

　　而且仅仅是还人情，鹿予就能做到这样，看来她也是性情中人，有情有义！

　　林绥问："那你真的什么都能给我吗？"

　　鹿予抬头看他："假的。"

　　林绥："……"

　　"资源我会给，但在这一年内你能从我这儿拿多少就是你的事了。"鹿予顿了顿，突然问，"你是不是会拉小提琴？"

　　"啊？"林绥一愣，"会。"

　　"拉一个。"

　　林绥下意识地脱口而出："你也会？"

　　"不会。"鹿予站起身，从后面的书架上取了一把小提琴，"专门给你准备的。"

　　林绥：我怀疑你喜欢我！

　　但鹿予表情淡淡，半点没有应有的羞赧与欢喜，坐在沙发上听他拉完一首曲子之后，皱眉沉思了很久。

　　林绥感觉自己像是一位街头表演的艺人，正等着客人打赏零钱之际却发现客人不太满意。这琴倒是不错，林绥取下脖子上架着的小提琴摸了摸，突然瞥见底部刻着一小块品牌 logo。

他腿顿时一软，这天杀的资产阶级！

鹿予从桌子底下掏出一纸一笔开始写东西，过了会儿抬眸看向林绥，眼睛很亮，比方才玩游戏时还亮。

"一年为期，我给你资源，你把你的时间卖给我。"

林绥微微怔忡："我要做什么？"

"拉琴。"鹿予顿了顿，"卖艺就行，卖身就不用了。"

林绥不知道自己该哭还是该笑，他这众人青睐的脸还不如一把琴，要是让廖琰知道……嗯？廖琰？怎么把最重要的事情忘了。

林绥摘下帽子捋了捋头发说："行，但你得先回答我两个问题。"

鹿予手指一顿，似是没想到有人面对这样的优势还会迟疑。

她从纸后抬头看向林绥："你这熊心豹子胆是你自己的，还是别人邮寄给你的？"

林绥避而不答，清咳了两声，单刀直入："你喜欢喝'慢谈'的咖啡吗？"

鹿予："还行。"

"最近一次去是什么时候？"

"上周五。"鹿予虽然不明白他的脑回路，但懒得跟对方纠缠，直接一口气回答，"深夜两点多，点了一杯美式咖啡，放了两块糖，有问题？"

问题大了！

你踩在我心上了

林绥嘴角一哆嗦,差点把"和廖琰在一块吗"说出口,好在他及时控制住自己,时间对得上十之八九就是廖琰了,他们果然有关系!

林绥松了一口气,瞬间觉得他那条与娱乐圈沟通的桥梁又回来了,他果然是天选之人。

林绥重新戴上帽子,跟鹿予挥了挥手,大步踏出别墅时硬是走出叱咤风云、唯我独尊的气势。

方易等在小区外,一眼看到林绥顺拐外扩、抖得跟筛子似的步伐,他愣了半天,泪水瞬间翻涌上眼。

他饱含热泪地迎上前,哆嗦地握了握林绥的手:"您、您辛苦了。"

林绥:?

04

星途公司最近萦绕着一种非常奇妙的氛围,林绥因为耿直无害的属性与公司的大多数工作人员都交好,一直保持着团结友爱、互帮互助的关系。但这一天,林绥从走进公司大门开始就陷入一种人人躲避的状态,其实这种情况之前也出现过,在慈善晚会结束的隔天,爆出他"辱骂粉丝"的新闻的时候。

别人也就算了,怎么连小陈这单纯善良的好孩子都被荼毒了。

林绥靠在茶水间的墙上,伸出手指冲小陈勾了勾,小陈捧着保温杯稍一踌躇才走上前。

小陈弯了弯背脊，一副乖乖认错的模样："哥，你大人有大量，我大大咧咧惯了，平时嘴上没数说错了什么，我在这儿跟你道歉。"

这倒是新鲜了。

林绥蹙眉想了想，没想明白，转头一脸真诚地反问："什么意思？"

小陈笑着嗔怪一声，软趴趴地打了他一下："演得真像！"

林绥："……"

小陈见他不说话，警惕地往四周看了看，凑近他小声道："我们都知道了，你是微服私访的太子爷，玩完了只能回家继承千万家产。别说，你平时演得还挺像，还房贷的说辞一套一套的，敢情那都是亲民之举。"

什么亲民之举，他是真的要还房贷！

林绥一脸茫然地看着小陈，小陈只当他是低调，不愿多说。

"我懂，我都懂，你肯定是不想靠家里的人脉和资源，决定自力更生，靠自己的双手，靠自己的血汗，在这娱乐圈闯出一番新天地，建造属于自己的盛世王朝！我的哥啊，你真是我偶像！"小陈神情激动地拍了拍林绥的肩膀，"我以你为荣！"

林绥顿了顿，轻叹一声："你误会了……"

小陈："嗯？"

林绥取下领口的墨镜，手腕一转把它架在鼻梁推了推，声音平淡，深藏功与名。

"岂止千万，得往亿万上讲。"

你踩在我心上了

林绥在休息室玩了两把游戏之后,方易才推开休息室的大门进来。

"太子爷是什么人设?"林绥收起手机,靠在沙发上侧头问他。

方易心情沉重地把手中的一沓资料放在桌上:"我现在是个柠檬榨汁机。"

林绥扫了一眼资料:"你现在是个推土机也得给我开口说话。"

方易憋了憋,半晌憋出一句:"鹿小姐真是好人。"

鹿予当日说,会给他资源,林绥其实并没有抱太大的希望,一是鹿予鲜涉足娱乐圈的事情,估计连怎么给他牵线搭桥找通告都不知道,二是无功不受禄,鹿予要报答陈止的人情,那他便承这份情,但并不是真要对方给自己什么。

但鹿予倒是行事果断,抓住星途公司的代理人,恩威并施地给予对方压力,又给林绥扣上"模糊不清"的身份,明里暗里表示林绥是星途的太子爷。

而星途公司的幕后大老板同样姓林,听说是身价过亿的富豪,但不常出现在国内,身份神秘又无迹可寻,一直是星途众人内心的谜团。

鹿铮是星途公司的二把手,鹿予多少也算是个少东家,无论真假,说出的话上层领导们肯定得听,然后他们便紧急召开了一场会议,重新规划林绥的星途发展。而那时,林绥还在家里蒙头睡大觉,完全不知道自己迎来了一场金手指加持的外挂人生。

可林绥还是觉得困惑:"公司领导不可能仅凭鹿予的三言两语就信了我的身份吧?"

"听说是鹿小姐联系了大老板,大老板当着众人的面承认的。"方易想了想,"鹿小姐应该认识对方,请他帮忙吧。"

林绥蹙眉思索着没说话,不明白鹿予为什么会为他做到这种程度,难道是为了尽快还陈止的人情?

方易指了指桌上的资料:"这里是一些近期要开拍的新综艺,张总让你自己挑一两个先去露露脸,绯闻那边公关部正在处理。其他倒还好,就是'辱骂粉丝'那个因为有媒体发出来的视频比较难压下去,但我们都知道怎么回事,你也别太担心。"

方易顿了顿,音调不自觉地一扬:"真是贵人帮扶,有如神助,林绥,你一定会大火的!"

林绥愣着没说话,掏出手机给鹿予发信息。

林绥:你是不是喜欢我?

过了会儿,鹿予回复了。

鹿予:把"是"字去掉。

林绥盯着手机屏幕笑了笑,笑成风中一朵摇曳的蒲公英,笑成一块黏糊糊的糯米糍,笑成一只嗷嗷直叫的大白鹅。

方易忍无可忍正准备让林绥冷静一点,林绥突然收起笑容,一脸惆怅。

你踩在我心上了

这套变脸表演衔接紧密，炉火纯青，显得林绥特别像是中举的范进，仿佛下一刻就要嗝屁。

方易心里一跳："你怎么了？"

林绥漫不经心地拿起桌上的资料翻了翻："我有一种预感，欠下的债，总有一天是要还的。"

方易安慰他："没事，你全身上下也就这张脸值钱，就当是'卖脸求荣'。"

林绥："……"

我可真谢谢你。

05

林绥没想到自己有生之年要扮演一个富家子弟，而且要润物细无声，毫无瑕疵。但他的演技实在不是三言两语能够吐槽完，更何况他要扮演的角色压力重千斤，既要低调中不失高贵，又要张扬中透露精进，既要……

算了吧，我认输，爱怎么着怎么着！小爷我不干了！

林绥内心狂叫，表面上依旧不露声色地打太极。

"你说笑了，他的行程我也不太清楚。"

对方笑了两声，抬眼间看见张总从会议室出来，立马转头冲他点了点头，屁颠屁颠地跟了上去。

林绥收起笑，走出公司问方易："那人是谁啊？"

方易道:"小陈跟着的那个新人小演员你还记得吗?那是他经纪人,听说对方有点来头。你早上挑的那些综艺里,有几个原本是新人小演员要上的,你这会儿突然横插一脚,他的经纪人肯定怀恨在心,估计是忌惮公司的传闻不敢直接找碴儿,所以故意旁敲侧击打听你和大老板的关系。"

方易嘴里的"有点来头",好比江湖黑话,意思是对方背后有人撑着。林绥想通这一点,本着不想惹事的心,便说把对方看中的节目还他算了。

临近公司大门,方易熟练地从身后把帽子递给林绥,示意他戴上。

"也不用还了,他提出要跟你上同一个节目,公司那边估计会答应……你自求多福吧。"方易顿了顿,连忙补上,"关键时刻你一定要忍住啊小祖宗,发脾气之前先默念清心咒,不然这次再闹出什么事,不仅是你,估计鹿小姐也会殃及。想想你的粉丝,想想你的前途,俗话说忍一时风平浪静,退……"

林绥无缝衔接:"退无可退杀无赦。"

方易:"……"

林绥"啧"了声,弯腰坐进车里:"知道了,你就把心放怀里揣着吧。"

方易松下一口气,坐进驾驶座,一边扣安全带一边问:"现在去哪儿?"

林绥往下坐了坐,仰着脖子靠在椅背上,声音慵懒地拖长:"敌

你踩在我心上了

人来犯,得抓紧抱大腿啊。"

这是林绥第一次抱大腿,内心十分紧张,为此特地让方易去打听鹿予的喜好,但奈何鹿予露面次数屈指可数,知道实情的人少之又少,最后林绥经过一番心理挣扎,买了"慢谈"的咖啡和糕点。

心理挣扎的点在于廖琰,廖琰自那首歌火爆大街小巷之后人气就坐上螺旋桨,直冲云霄,但他最近在拍戏很少出现在大众眼前,最近一条消息是粉丝为他接机的视频。

标题是"廖琰亲切问候粉丝,嘱咐他们早点回家"。

评论里免不了又有水军在含沙射影地提到林绥,林绥一边翻评论,一边把白眼翻上天。

要不是方易提醒他,翻白眼会牵扯眼部肌肉引起视神经强制错位导致……眼部不适,他早就翻出白云朵朵。

林绥暗想,这肯定是廖琰的水军!肯定是!

林绥出发前给鹿予发了信息。鹿予过了好一会儿才回他,回的是一个新地址,林绥到的时候才发现是鹿予的工作室。

鹿予还有没有点他在抱大腿的自觉啊!

光天化日!明目张胆!是要上头条吗?

林绥苦恼地揉了揉额头,半晌才趁着渐沉的夜色跑进大楼里。他戴着鸭舌帽和口罩,全程乔装成送外卖的某团工作人员,眼观六路,耳听八方,躲过重重人流,最终……迷路了。

林绥看着眼前的洗手间,一时无语凝噎,低头正准备给鹿予发信息，前方突然出现一道人影将他的前路堵个正着。

林绥蹙眉抬起头，直直迎上廖琰似笑非笑的目光。

廖琰勾嘴笑了一声："这么巧？"

巧个鬼！

你个道貌岸然的狗子！

林绥捏了捏手中的袋子，暗自深吸一口气，以迅雷不及掩耳之势将袋子塞进对方怀里。

他后撤一步，殷勤地放柔声音道："先生你好，这是鹿予小姐的外卖，麻烦你转交给她，谢谢。"

廖琰："……"

林绥不等对方反应立马转身跑路，跑到一半才想起什么迅速回头。

"亲，五星好评哦。"

廖琰："……"

06

林绥跑回车上时的动静很大，方易的瞌睡瞬间四处逃窜，消失无踪。他睁着迷糊大眼问林绥怎么了，林绥将事情经过一一告知，过了会儿劫后余生般靠在车窗上缓了缓呼吸。

"还好我机智，不然就让廖琰认出来了。"林绥摘下帽子和口罩，揉了揉大腿，"跑太快，腿差点抽了，真是生死就在一瞬间，要是

你踩在我心上了

让廖琰知道我和鹿予……指不定他怎么笑话我。"

林绥顿了顿，后知后觉："你怎么不说话？"

方易转过身，面色复杂道："你不觉得他已经认出你了吗？"

林绥一脸求知欲，此话怎讲？

"不然他为什么说'巧'。"

林绥迟疑："巧合一块上厕所？"

方易长叹一声，指了指他怀里的帽子，帽檐上有一个类似"星星"的图案，旁边落着他小一号的英文名。

林绥："……"

唉，抱大腿好难。

林绥面无表情做沉思状，口袋里的手机忽然一响，他心如死灰地取出，面部识别自动解锁了原本跳出屏保的信息。

鹿予：谢谢。

鹿予：谢谢，这句是廖琰说的。

林绥愣了一会儿，瞬间起死回生，满血复活。

各位网友，逮到了！

他们果然有一腿！

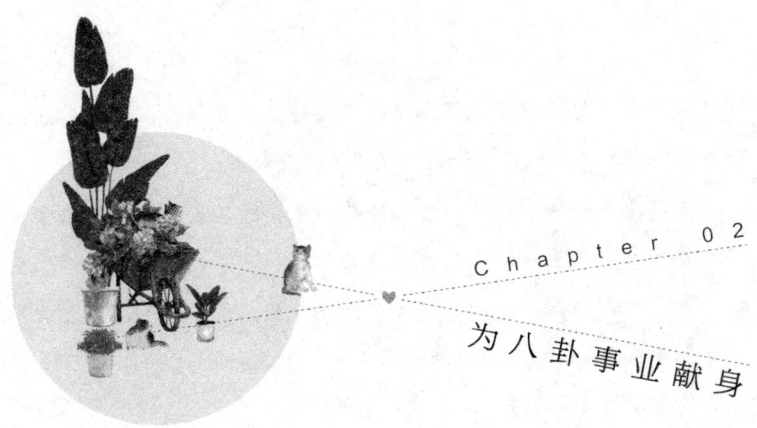

Chapter 02

为八卦事业献身

01

《我的金主和我的死对头不得不说的二三事》

备忘一:

各位网友大家好,我是前线记者林绥。

我在我的金主鹿予身边,收心潜伏,卧薪尝胆,历经千辛万苦的……两个星期之后,我终于找到了她和廖琰(廖狗)之间纠缠不清的证据,以下有图有真相。

图一是我和鹿予的聊天截图,证明上周我去鹿予工作室撞见廖

你踩在我心上了

琰并非偶然,他果然是去找鹿予,而且还喝了我送的咖啡!88.8元一杯!(下划线)这说明什么!说明他们有联系!

图二是我的杂志封……对不起放错了,图二是鹿予随手拍给我的一张照片。背景是她那座大别墅的客厅一角,我简单描述一下照片内容,一把小提琴,一张沙发,一件外套,半张桌子,桌上放着浅紫色保温杯和一堆书,以及杂乱无章的纸张和笔。

你们以为这是随手一拍的日常照吗?

当然是。

但是,罗曼·文森特·皮尔告诉过我们,"态度决定高度,细节决定成败",而我就是拥有望远镜之眼,善于发现细节的人才。

沙发上那件外套可不是普通的外套,前几天电影《追影》在上海举办新闻发布会,廖琰和高崇作为主题曲演唱者一块亮相,当时他身上所穿的外套正是这一件宝蓝色西装外套!

而且这件衣服出自圈内有名的设计师之手,这位设计师独具慧眼,设计别致,但价格奇高。我为什么这么清楚呢,因为我穿不起……耿耿于怀多年。

所以,以廖琰目前的身价来看,穿这件衣服过于奢侈(他不可能这么有钱!),真相只有一个,这件衣服是鹿予买给他的,而且他留宿在鹿予家时不慎遗落在她家中。

其中还有一个关键点,高崇可是歌坛一哥,封神人物,我曾经费尽千辛万苦都没能跟对方沾上一星半点,他为什么会和廖琰合作,他们之间唯一的共同点就是都唱过鹿予写的歌,所以,一定是因为我的金主鹿予在这中间牵线搭桥!

看,一场完美的剖析。

我,夏洛克·绥。

"林绥!"

林绥浑身一颤,眼疾手快地点击保存把手机锁屏,半晌才转过头蹙眉看着方易。

"怎么了?"

方易狐疑地伏低身子,看了看他:"你刚肩膀一颤一颤的,我以为你哭了,还好没哭,哭了来不及补妆。"

林绥今天要录制综艺节目《开怀大笑》,方才一进电视台就被公司那个小演员来了个下马威,对方将公司的化妆师占为己有,连连挑刺,拖延时间不肯让化妆师去给林绥化妆。方易刚才有事离开了一会儿,回来时就看见林绥孤零零地坐在化妆间的一角,但时间紧急,他只能压着怒气让电视台的化妆师帮忙。

所以,方易才以为他受了委屈,躲起来暗自抹泪。

林绥无声呐喊,他那是激动的!

真可惜,手握猛料,无人可爆,林绥只能安慰自己,不是不"爆",时候未到。

门外正好有电视台的工作人员喊林绥过去录制,林绥把手机关

你踩在我心上了

机递给方易，心情颇好地走出门，经过工作人员身边还冲对方笑了笑，红唇皓齿，眉目明朗，帅气十足。

工作人员是刚毕业过来实习的小女生，刚触上林绥的视线就面红耳赤地退到一边，等对方走远之后，她才嗷嗷叫着给小姐妹发信息。

"林绥小天使好好看啊！他冲我笑了！一刹那我墓志铭都想好了！"

《开怀大笑》是刚开拍的综艺节目，本着挖掘明星的笑料做热点，第一期为了收视率请了不少有热点话题的艺人，比如演艺圈冉冉升起的新星，江一言，哦，就是跟他同公司的那个"不作不死的小演员"，比如黑料宛如黄河之水，滔滔不绝的他，再比如……算了，其他人他也记不清，就觉得脸熟。

节目组之前给过他一张纸，里面除了大致流程还有一些会提到的问题。他看了看，难度不大，没有能发脾气的点，估计太尖锐的问题都被方易驳回了。

林绥转头看了看身边的方易，目光温和，流淌着慈父般的柔光。

方易往后退了一步："有话好好说，别动手。"

林绥："……"

"流程表你看过了吧？"

方易点点头，过了会儿以为他紧张，立刻喂下一颗定心丸："鹿小姐跟节目组打过招呼了,别担心。"

嗯?

林绥顿时一阵心虚,金主比他尽职太多,他这大腿抱得不怎么专业啊,他是不是应该做些什么,哄她开心?林绥一边想一边走到后台位置准备开场秀的亮相。

《开怀大笑》的主持人是主持界的老前辈,情商极高,无论是抛梗接梗,还是带节奏活跃氛围,样样精通,而且对林绥诸多照顾,碰上冷场的话题时也能游刃有余地帮他化解,应该是因为鹿予吧。

他对鹿予有愧,太有愧了。

整场录制只有中间游戏环节出了点问题,林绥知道江一言对他心怀不满,但没想到对方会在录制上动歪心思。

林绥从高台上倒下来时太突然了,砸在垫子上发出一声巨响。众人一脸茫然,导演立马暂停节目录制,台下的观众顿时一片哗然。

江一言一脸无辜地连连道歉,眼神急切,口红色都白了一个度,扶住林绥手臂的手极具技巧地颤了颤,半点没有方才趁乱踹林绥脚踝的气势,要不说他是演戏的,情真意切,如假包换。

林绥刚才跌落时反应迅速地收了脚,砸下来的动作看着吓人其实没扭伤脚,但他体力向来一般,刚才玩游戏耗费得差不多了,这会儿还真有点不想起,但估计方易会担心吧,唉,也不知道他着急成什么样了。

你踩在我心上了

林绥透过四周围过来的人墙缝隙,偷偷瞄了一眼台下……

方易正拿着手机拍视频,姿势标准,脸上是吃瓜群众常有的意味深长。

林绥:"……"

江一言的耐心很快被林绥的磨蹭消耗掉大半,他手指不颤,眉间不皱,咬着下嘴唇,眼眶一红就要落下泪来:"哥,对不起,真的对不起,我刚才没注意,我要是站过来一点就好了,你就不会那么不小心了。"

其他艺人和稀泥般连连安抚他,又低头询问林绥的伤势。

林绥喘了两口气,微微往江一言的耳边靠了靠,呼吸打在江一言的耳畔,这个角度很偏,众人还以为他疼得难受。

江一言的耳朵动了动,林绥借着起身的动作压低声音道:"跟我飙戏呢,你就是个人造卫星,小爷我可是恒星,天生自带光芒懂吗,学着点啊。"

林绥坐起身,垂眸脸色发白地动了动腿,眼角一抽又佯装无事地冲大家笑了笑:"没事,一言在公司也喜欢往我身边腻,大概是习惯了。我们继续吧,别耽误录制。"

众人神色复杂地往江一言脸上扫过,林绥硬生生将"疼痛难忍,但敬职敬业,自强不息"的模样扮演得"栩栩如生"。为了更具真实性,他腰部一使劲,夸张地咬牙起身,站直的一刹那,脚踝瞬间一颤,疼痛从下往上汹涌而至,他咬了咬后槽牙,心下一沉。

用劲过大真扭了!

02

录制结束,林绥拒绝了导演陪同去医院检查的提议,一瘸一拐地走向方易。方易一边装模作样地扶着他走去休息室,一边压低声音兴奋地说:"小祖宗,你这招以其人之道,还治其人之身,真是高!太高了!我甘拜下风!"

林绥闭了闭眼,疼得一句话都不想说。

方易以为他专心扮演伤患,神情顿时肃然起敬,嘴上赞誉不绝:"你这戏也太好了吧,我差点以为你真扭了。我跟你说啊,靠近舞台的观众都听清江一言和你说的话了,他这明摆着就是故意往你身边站,刚才我在一旁听到好多观众都心疼你,你的粉丝都快急哭了,你这小兔崽子真坏……"

林绥忍无可忍,将手臂架在对方的肩膀上。方易连忙架着他,嘴上还喋喋不休。

"对,这样疼得更像……嗯?你怎么出汗了?"

林绥压下一口气,抬手拽了拽裤脚,裸露出来的脚踝微微红肿,在白皙的小腿映衬下异常明显。

方易一愣:"怎么肿了?"

林绥冰冷如霜地看着他:"对啊,怎么肿了?"

"因为我真的扭了!"林绥咬牙切齿地凑近他耳边,"你的智

你踩在我心上了

商是不是'入土为安'了?我真伤了还是演的你看不出来吗?你再叽叽喳喳,慢慢吞吞地走下去,爷爷我都快疼死了!"

方易反应过来后顿时一急,架着他飞快地走向休息室。

想他林绥行走江湖二十余载,竟然自己坑了自己一把,他越想越气,恨不得将江一言左三圈右三圈地捆绑起来打一顿。

节目录制结束,台里一般会组织大家一块吃夜宵,林绥受伤是众所周知的事情,但为了不落人口实,林绥还是让方易跑了一趟跟导演道歉。

林绥把手机开机了之后就坐在沙发上,缓了缓呼吸才俯身看红肿的脚踝。他刚伸手碰了碰,一旁的手机骤然响了起来,他拿过一看,鹿予。

对了,鹿予发那张照片是让他今晚去给她拉琴来着,光顾着抓廖琰的小辫子,差点忘了金主的需求。

林绥靠在沙发上划开手机,语气轻快道:"晚上好啊。"

鹿予顿了顿,言简意赅:"结束了吗?"

"结束了。"林绥偏头看了看一旁的时钟,九点一刻,不算晚,但他得先去趟医院,"我可能晚点到,大概十点。"

鹿予那边突然没声了,林绥看了看手机确定是在通话中,他把手机重新贴在耳边才听到对方迟疑的声音。

"还顺利吗?"

"挺顺利啊。"林绥笑了笑,下意识地想收收右腿,刚动了一下就疼得倒吸一口气,他呼出一口长气才继续说,"托你的洪福,大家都很照顾我。"

"是吗?"鹿予这句恍如吃语,林绥还没反应过来,她已经继续往下说,"算了,你下次再过来吧。"

那怎么行!廖琰衣服的事还没实锤啊!

"不!"林绥说得既着急又坚定。

鹿予微微怔忡,耐心等着他解释。

林绥心里一阵忐忑,猛地坐直身子,脚下一用劲顿时疼得他鼻尖一酸,慌不择言开口时带出一串哭腔。

"我想见你!"

鹿予:哎,怎么还哭上了?

林绥:这个脸我不要了。

话一出口,覆水难收,林绥只能吸了吸鼻子,干巴巴道:"我的意思是,我们挺久没见,而且你帮我这么多,我本来就没什么能为你做的,我……"

"嗯。"鹿予笑了一声,"路上小心。"

林绥眨了眨眼,鹿予已经把电话挂了,但他还沉浸在对方那轻缓的笑声里。

他抓了抓头发,过了会儿又低头揉了揉听电话的右耳,还……还挺好听……

你踩在我心上了

去医院拍片检查了一番，确认是普通的扭伤，医生让林绥二十四小时之内用冰袋冰敷，二十四小时之后再用热水袋热敷，这样促进血液循环好得快。只是鉴于林绥号得太痛苦，医生在林绥的威逼利诱之下，破例开了两粒止痛药。

"你这就是脚扭伤，硬生生号出脚断的架势。"医生叹气。

林绥戴着口罩还不老实地顶嘴："腿断了还怎么号，直接晕死过去了吧？"

方易拖着还准备与医生大战三百回合的林绥上车，又快速走到驾驶座火速开车离开"硝烟之地"。

"你看，不怪我不知道，你平时磕磕碰碰都能喊上一嗓子，这次在台上竟然一声不吭，我可不就以为你演的吗！"

林绥拉下口罩冷哼一声："可把你能的，是不是还得给你开奖金啊？"

方易立马闭上嘴，手指敲了敲方向盘，过了会儿才说："你上次给我打的那笔钱……"

"奖金，再问打你。"林绥微微侧了侧身，一把抢断话头，"绕一趟'甜酱小屋'给鹿予买甜点。啧，她怎么喜欢吃这么腻的东西。"

方易看了看后视镜，见对方闭上眼休憩才不动声色地笑了笑。

刀子嘴，豆腐心。

03

林绥慢悠悠地移到鹿予家门前，刚缓了缓呼吸，眼前的大门就由外往内地打开了。

林绥扬起笑脸，一时忘记对方是鹿予，下意识地套用了以前见果果时的语气。

他晃了晃手里的纸盒，表情夸张地瞪大眼："噔！噔！噔！我买了甜点，开心吗？"

鹿予看智障的眼神："……"

四目相对，林绥冷汗津津。

林绥清了清嗓子，刚想说话，鹿予就伸手把纸盒接了过去，语气毫无起伏："开心。"

您这语气可跟说"你好"没什么两样啊。

林绥啧啧两声跟在鹿予身后进去，鹿予把甜点放在餐厅桌上，林绥一眼看到餐桌上铺着一堆落满潦草笔画的纸张，地上落着揉成圆球的纸团，桌子一角还放着三四瓶开着的鸡尾酒的易拉罐。

如果把纸张换成纸巾，完全就是一场失恋酗酒现场。

林绥试探着问："作词？"

"嗯。"鹿予伸手胡乱地把它们堆积在一块，神色恹恹，"瓶颈期，写不出来。"

鹿予在娱乐圈虽然作词产量不高，但曲曲都是精品，众人都认为她天赋异禀，写词如流水，林绥也下意识这样以为，但没想到小

你踩在我心上了

才女也会有瓶颈期。

林绥无意窥探,只是顺着话题问:"多久了?"

"从拿奖开始。"

鹿予语气平淡,林绥却听得心惊胆战,从拿奖到现在……那有八个月了吧,一位作词人八个月写不出半点东西,这算是出了大型事故吧。

林绥担忧地望着她:"一句也写不出吗?"

鹿予摇了摇头:"不是。"

林绥松下一口气。

鹿予:"写了一句。"

林绥:"……"

鹿予停顿了一会儿,中指按了按太阳穴:"就上次你拉小提琴那会儿写的。"

鹿予拉开椅子坐下,盯着眼前的甜点看了两秒,又站起身去冰箱拿饮料,步伐稳健不像喝醉,而且这种鸡尾酒度数不高,应该没那么容易倒。

林绥看着鹿予的背影暗想,下一秒就见对方脚下一跟跄差点摔了。

林绥:"……"

鹿予拿了一瓶鸡尾酒和一瓶牛奶回来,林绥又想,知道喝点牛奶缓缓肠胃,应该没醉吧。

下一秒，鹿予就把牛奶递给林绥，还贴心地插好了吸管。

林绥："你是不是喝醉了？"

鹿予摇了摇头，过了会儿解释道："你脚伤了别喝酒。"

林绥倏忽抬起头，鹿予自顾自地拆开纸盒，拿起一块红色的糕点咬了一口，一边咀嚼一边蹙眉嘟囔："红豆的？不好吃。"她又拿了另一块绿色的，咬了一口就不动了，目光呆呆地看着林绥。

林绥在她对面坐下："怎么了？"

鹿予抿了抿嘴突然眉眼一弯，笑得很开心："抹茶的好吃。"

林绥一愣，仓皇地低下头，过了会儿又不明白自己干吗要低头。鹿予悠然在一边吃甜点，半点余光都没再给他。

鹿予喝酒之后跟平常不太一样啊，不过……还蛮可爱。

林绥单手撑着桌子笑了笑，过了会儿，收起笑容回过神，脑子里灵光一闪。

酒后吐真言啊！此时不问，更待何时？

林绥摩拳擦掌，蠢蠢欲动，决定循序渐进地攻破对方的心防。

他在鹿予吃完一块甜点擦手的间隙，立马插缝询问："你和廖琰是什么关系？"

鹿予顿了顿，一脸莫名其妙："廖琰？朋友。"

防备心这么重，到底是醉还是没醉？

林绥偏头往四周看了看，余光瞥见沙发上那件外套，立马伸手一指："那件外套是谁的？"

你踩在我心上了

"廖琰的。"

他就知道!

林绥暗自拍掌,内心一阵锣鼓喧天、鞭炮齐鸣,这就是铁证啊,正主自己给的实锤啊!

"你问我答?"鹿予突然开口。

林绥没回过神:"什么?"

"我也玩。"鹿予支着脑袋看他,神色清明一片,"你的脚怎么伤了?"

林绥弄不清对方现下的状态,模棱两可道:"刚才录节目不小心崴了一脚。"

"疼吗?"

鹿予这语气有点奇怪,但林绥没多想,男人怎么能说疼!

"不疼。"

鹿予顿了顿,拿起易拉罐喝了一口:"他是星途的艺人?"

林绥微微讶异,鹿予这明显是知道事情经过的神情,难道是有人跟她说了什么?主持人、导演、还是……

鹿予等不到回答也没在意,手指虚虚地握起一支签字笔,漫无目的地在纸上画音符。周遭突然安静下来,头顶的暖灯轻铺在他们身上,营造出一场温暖的假象。

林绥正纳闷自己应该起身去拿小提琴,还是识相地告别对方回家,鹿予突然叹了一口气,好似无可奈何的样子:"我知道了。"

林绥：嗯？

她知道什么了，为什么他不知道她知道什么，他刚才灵魂出窍了吗？

林绥睁大眼，放柔声音凑近看她："你知道什么？"

"别撒娇。"

林绥："……"

鹿予一脸"你虽然不说，但我知道你受委屈了找我撒娇"的表情："刚才不还义正词严地说想见我吗，现在又拉不下脸说。"

林绥一头雾水："说什么？"

鹿予看了看他，不再说话，低头继续吃第三块糕点，过了会儿才突然想起什么，抬头问："你玩过那种游戏吗？在你背上写字让你猜的那种。"

林绥志不在此，想着应该就是他上学时玩的那种游戏，虽然不明所以，但还是很敷衍地点了点头。

没想到鹿予眼睛一亮，兴致盎然地搬着凳子往他身边靠近。

"廖琰之前说我没有童年，在我背上写了好几次我都猜不到是什么词，后面还是他告诉我的，我不觉得是我的问题，你试试看？"

林绥兴致缺缺："这有……"

等会儿，他当时为什么会玩这个游戏，他记性一向堪比金鱼为什么会记得？他人生中最容易记住的事情都与他的样貌有关……

电光石火间，林绥骤然瞪大眼，拨云见日，时来运转，守得云

你踩在我心上了

开见月明!

因为当时有女生借机跟他表白啊!

那廖琰和鹿予之间会写什么,肯定是……

哎,运气来了,炙手可热的八卦新闻挡都挡不住。

林绥凑近鹿予,眼睛一闪一闪地点了点头:"这个游戏一听就很有意思!"

不等鹿予说话他就自觉地背过身,快速掏出手机按下录音键又塞回口袋里,一系列动作行云流水,毫无破绽,之后挺了挺背脊,一副壮士一去不复返的气势。

"来!你写!"

鹿予顿了顿,支起一根手指轻点在他背脊上写写画画。

林绥身上穿着的还是录制节目的那件白衬衫,轻薄透气,宽松舒适,恍然让他以为鹿予的手指透过衣服触摸在他的血肉之躯上。

林绥耳尖红了红,压着心底里的异样,努力地为录音制造有用的证词。

"是廖琰在你背上写的字吗?"

"嗯。"

"你说话。"

鹿予:"……"

林绥干笑两声:"我的意思是,我没听清。"

鹿予轻叹一声:"是。"

林绥便不再说话。

鹿予写了很久，久到林绥以为她要在他背上写下一篇800字作文时，背上麻酥酥的温热终于消失。

"好了？"

"嗯。"鹿予顿了顿，"是。"

林绥：好乖啊。

鹿予靠在餐桌旁，挑了挑眉问："你猜猜看。"

猜什么猜，他刚才压根儿没放半点注意力在上面。林绥内心深处十分抗拒，但表面上故作认真地猜。

"鹿予，你的名字。"

"不是。"

"林绥，我的名字。"

"……"

"廖琰，他的名字。"

"……"

林绥不想浪费时间，严格遵循他以往玩游戏讨价还价的行为准则。

"你给点提示呀。"

鹿予想了想："四个字。"

林绥耳朵动了动。

鹿予："表达一种强烈的感情。"

你踩在我心上了

林绥心口剧烈跳动。

扳倒廖琰的八卦之门缓缓开启!

他故作镇定地胡乱猜了一圈四字成语,意料之中地一一被鹿予否定。

鹿予略带诧异地开口:"我猜想你应该比我笨,但我没想到你智商到'撒手人寰'的地步了。"

林绥心里已经吹响了胜利的号角,这点损伤对他来说无伤大雅。他动了动背脊,可怜兮兮地回头:"那你告诉我呗。"

鹿予恨铁不成钢地摇了摇头,在林绥殷切期盼的目光下,一字一顿道:"精、忠、报、国。"

林绥:"……"

"啪"的一声,扳倒廖琰的八卦之门关上了。

林绥身心疲惫地离开鹿予家,方易等在车上听见声响探头往窗外看,黑夜中看见林绥一瘸一拐缓慢地往他身边移动,戴着黑色鸭舌帽和口罩都无法掩饰他身上的傻里傻气。

黑风中身残智也残的小祖宗。

方易下车把对方扶在后面坐着,迫不及待地问:"你怎么了?怎么一副生无可恋的样子?"

"我觉得当记者太难了。"

"你又不当记者。"

林绥看了看方易把口罩拉下："我觉得鹿予今天很奇怪。"

　　他原本以为方易会问哪里奇怪，但没想到方易神色一变，眼睛痉挛般冲他眨了眨。

　　林绥太阳穴突地一跳，心如死灰："你干吗了？"

　　方易一只脚踩在外面，一只脚落在车上，但这样极其别扭的姿势都没能抵挡他贱兮兮的气质。

　　"《开怀大笑》的主持人跟我要了你摔下来的视频，明里暗里表示要告诉鹿小姐，我就添油加醋地说了一把，说得要多惨有多惨。我还说你脸皮薄，最擅长口是心非，最后让主持人千万别告诉鹿小姐，但她肯定会如数禀告，鹿小姐一怒之下一定会为你出头做主！我是不是特聪明？"

　　"还出头做主，你是不是宫斗片看多了？"林绥捂住脸，有气无力道，"你什么时候说的？"

　　"就你让我去跟导演道歉那会儿啊。"

　　所以，他当时撞疼脚的哭腔在鹿予眼中是向金主撒娇，他坦荡荡地表示是自己不小心，在鹿予眼中是欲盖弥彰，他说不疼，鹿予就觉得疼，他说不知道说什么，那就是欲擒故纵。

　　林绥：我死了，骨灰随风吹向大海。

04

　　"江一言 踩人""林绥 受伤"。

你踩在我心上了

林绥一觉醒来就发现微博热搜挂着自己的名字。他上过的热搜不少，但无一例外都是黑料，难得一次看见略带可怜兮兮意味的标题，还挺新鲜。

林绥坐在床上翻了翻评论，为了小心为上，用的还是自己的小号，而他的大号全权由方易负责。

方易的原话是："微博账号在我手里还能好好活着，在你手里立马一死，而且死无全尸。"

评论里依旧有黑粉带节奏说他故作金贵、弄虚作假，但大多数是偏向他这边，谴责江一言丧尽天良、心狠手辣。这种情况太少见了，要不是有实锤就是今天的网友在做慈善。

林绥顿了顿，往上一拉，看到热评里的营销号都发了两个小视频，第一个看角度应该是方易拍的那个视频，另一个是在他们身后的角落拍的，能够清晰地看到江一言伸脚踹他的全过程。

林绥绕去自己的微博看了一圈，他的粉丝"稻穗"一片哀号，评论里要不是"呜呜呜呜"就是"啊啊啊啊"，不知道的以为他魂归故里，驾鹤西去。

林绥方才已经和方易通过电话，对方比起他更兴奋难耐，开心得恨不得顺着电话爬过来邀他高歌一曲。

林绥随手往脚踝的位置拍了一张照片，退出微博页面给方易发了过去，让方易发条微博让粉丝别担心。他顿了顿想起以往有黑粉说他不亲民，故作清高，便又嘱咐方易文案编辑得随意一点，略微示弱也没事。

方易秒回：OK。

过了一会儿，林绥就看到，他的几百万粉丝大号上发了一条新动态。

"嘤嘤嘤，脚好疼。"

然后附带刚刚那张图。

林绥闭了闭眼刷新了一会儿，发现还是这一条，方易是他最大的黑粉吧！这个傻子！

好了，方易死了，死透透了。

林绥的怒火直冲天灵盖，正准备打电话发飙，方易竟然似有所觉地删除微博重发了一条。

"脚没事，大家别担心哦。"

配图。

虽然那个"哦"不太符合他阳刚的气势，但对方易不能要求太高，更何况是正在兴奋中流逝智商的方易。

林绥处理好一切才重新仰躺在床上，窗外有风顺着窗帘边角爬进来，吹得他再次昏昏欲睡。

他第一次因为热搜感到平和，这一切不用想也知道是鹿予在背后推波助澜，但这种莫名被维护的心情还……挺好。

他抱的哪是大腿，完全是一块大金砖啊。

林绥喟叹一声把自己砸进被窝里。

你踩在我心上了

林绥,你真是好命。

我真羡慕我自己。

林绥正容光满面地闭着眼睛幻想自己的璀璨人生,方易又给他打来了电话,他含混不清地应答着,直到方易提高音量喊了他一声,他才反应过来对方刚才说了什么。他晕乎乎地挂了电话,转头立马拨通了鹿予的号码。

鹿予一接通,林绥就迫不及待地问:"你手滑了吗?"

鹿予发出一节疑问的气音:"嗯?"

林绥一边握着手机,一边解锁平板电脑点开微博,果然在热搜榜上看到鹿予的名字。

林绥顿感头疼:"你怎么给我微博点赞了?"

微博新鲜出炉的热搜话题"鹿予秒赞林绥"。

评论下方分为两大阵营,一是猜测鹿予与林绥有何交情,二是指责林绥蹭热度。

林绥刚为自己第一次不以黑料上热搜而开心,转头又被黑粉按在蹭热度的砧板上,任人宰割。

他心如刀绞,泪如雨下,况且是鹿予点赞他啊,怎么是他蹭热度了?他蹭哪门子热度了?他总不能压着鹿予的手去点赞吧!他俩什么关系啊,他……林绥脑子一顿,嘿,他们还真有关系,而且关系不浅。

鹿予不知道林绥所想,下意识地以为对方生气,难得语气一顿:

"我刚才正好看见了,就点了,你要是觉得不妥……"

林绥立马道:"当然不妥了!"

鹿予一僵,她本意是为了让更多人了解事情经过为林绥正名,但她很少混迹娱乐圈,不太懂里面的弯弯绕绕,方才被工作室的同事告知时才知道引起轩然大波。但现在林绥用这种责怪的语气同她说话,她哪怕知错也一点都不想认错,所以憋着不说话。

林绥等了片刻没听到回应,后知后觉地"喂"了一声,鹿予依旧不说话,但也没挂掉电话。

"鹿予?"

"鹿老板?"

"鹿姐姐?"

林绥这才察觉到对方生气了,抓耳挠腮地脱口而出:"我的妈呀,你……"

鹿予:"嗯。"

林绥:怎么这便宜也占?

林绥继续道:"你涉世未深,不明白黑粉有多恐怖,我在网上本来黑料就群山一座座,他们说什么我都习惯了,但你不一样啊,你在娱乐圈那就是金字招牌,众歌手捧着供奉的活菩萨啊,你要是跟我牵扯上,万一也被我拖累怎么办,你不知道黑粉说话都可难听了……"

鹿予一愣,小声问:"你担心我?"

047

你踩在我心上了

"不然呢！"

他已经够黑了，鹿予要是也在网上一抹黑，他俩这黑白配就成雌雄双黑了，况且鹿予一看就是没受过什么打击的小公主，万一被舆论气坏身子，他就没有大腿抱了！

林绥越想越凶险，立马又催促鹿予要跟他保持距离。鹿予不同于方才的冷漠，立马乖乖应了。

林绥悬在胸口的大石终于降落，他挂掉电话缓出一口气，心满意足地蹭着被子睡了一觉。

晚上，林绥睡醒过来打开微博，一眼看见热搜第一——"鹿予关注林绥"。

林绥："……"

我说的是梦话吗？

05

自从鹿予关注了林绥，网上的舆论就闹得风风火火。要知道鹿予给众多歌手写过歌，却从来没有关注过他们的微博，她本人也很少发微博，除了与作词有关的一些感悟之外，其他都是关于慈善益事，完全是一个慈善大使，圈内慈善非法定代言人。

而现在她关注列表里为数不多的几个人当中，多了一个林绥。

网友们直呼鹿予被盗号、被绑架、被胁迫，林绥有苦难言，只能笑着活下去。

不怪网友们脑洞大开,他和鹿予从他人的角度看,真的一点关联都没有,两个完全没有交集的人,冷不丁出现碰撞,讶异实属正常。

林绥能怎么办,他只能回关对方,遭受万千猜测与攻击,让鹿予开心飞,伤痛他自己背。

说起关注他这件事,上一个被怀疑盗号、绑架、胁迫的人还是张瑾逸。

林绥因为常年混迹在"黑料圈",身边交心的好友很少,唯一一个坚持多年的老友就是张瑾逸。

他十一岁那年参与的那部爆火的电影,就是跟张瑾逸一块拍的。张瑾逸因为天生一张娃娃脸,观众缘跟三生三世修来的福分似的好得不行,用张瑾逸自己的话来说,但凡看过他作品的观众就没有一个不喜欢他的,不喜欢他的人他都忽略不计。

但长相是把双刃剑,张瑾逸出道这么多年,每回不是演弟弟就是演学生,感情戏走的都是一清二白的青春路线,拉拉小手,碰碰肩膀,再多没有。

而他本人最大的心愿就是谈一场恋爱,就连微博置顶都是"我想谈恋爱"五个字,因为他的粉丝多以"妈妈粉"自居,所以她们非但不跳脚,还相当配合地在评论底下相亲般给他拉郎配,鼓励他主动就会有故事,而最近一条被顶上来的名字是——鹿予。

张瑾逸:你觉得鹿予怎么样?我俩有戏吗?

你踩在我心上了

林绥盯着张瑾逸发过来的这条信息一看再看，锁了屏沉思了一会儿又翻出来看了又看……

张瑾逸这是要跟鹿予搭上线吗？那怎么行！他还没调查好鹿予与廖琰之间的事情，再插进来一个张瑾逸，谱写《我的金主和我的死对头以及好兄弟不得不说的二三事》吗？

不，这工作量太大了。

林绥回他：不怎样，没戏。

张瑾逸又问：你怎么知道她不怎样？你是不是有小道消息？她前几天还关注你了？你俩认识啊？怎么没听你说啊？

你是十万个为什么吗？问题这么多？

林绥翻了翻白眼，回归主题，认真回复。

林绥：她酗酒！玩赛车！少年，你们不合适。

鸡尾酒也是酒，极品飞车也是车。

林绥暗自为自己的机智鼓掌，张瑾逸向来喜欢乖巧可爱的女生，这下应该死心了。

林绥正想着，张瑾逸就回了一条信息。

张瑾逸：哇，她好酷啊！

酷个球！

你的脑袋跟着泰坦尼克号一块撞上冰了吗？

林绥无言以对，想着再下点猛料逼退对方，不料张瑾逸认清现实，自觉举旗投降。

张瑾逸：可惜她是高岭之花，我无从采撷，我刚看她微博都没几条私人信息，先不说合不合适，我压根儿搭不上边啊。

搭不上边就对了！

林绥想着斩草要除根，要转移对方的注意力，首要目标是为他提供新的关注人选。他便随口提了一句鹿予团队里的一位女生，谭蓁蓁。

谭蓁蓁的性格跟鹿予完全相反，活泼开朗，偶尔还会在综艺上露脸，唱歌好听，长得可爱，但主要业务是作曲，既是鹿予的合作伙伴，也是鹿予的经纪人。

张瑾逸：你觉得我俩有戏？

林绥立马回复：有戏！有戏！你看，你最近新演的电影叫《天王》，她微博头像是只跳跳虎。天王盖地虎！天生一对！

林绥猝不及防当了一回媒人，等他费尽心思说服张瑾逸之后，正好接收到方易的信息。

方易问他角色考虑得怎么样，要是同意的话试镜时跟导演见一面就行，公司已经跟那边联系好了。

公司最近有意给林绥接电视剧，正好有一部叫《云锦》的仙侠片要开拍，除了男一号，其他角色人选还未决定，方易便让他接下男二号的角色。男二号在剧中的出镜率很高，堪称推动剧情发展的关键人物，但武打戏太多，一天有三分之一的时间都在半空挂着。

林绥低头看了看自己尚未痊愈的脚，顿时下定决心。

你踩在我心上了

隔天，清早。

方易拍了拍脑袋，目瞪口呆："你说啥？"

林绥漫不经心地喝着碗里的豆浆："我不演男二号了，我要演男四号。"

"不是，你疯了吗，男四号不仅镜头少，而且腿还瘸，你图什么啊？"

林绥咬着油条，平静道："图他是个瘸子。"

方易深深地叹了口气，正想软硬兼施地说服对方，电光石火间突然想起什么。

原来如此……男四号在剧中与女主一同长大，因为腿瘸和药罐子的体质，小时候经常受女主照顾，因而喜欢上对方，但最终爱而不得，是一个讨喜又容易博观众缘的角色，关键是对方在剧中的扮相是翩翩少年郎，温润如玉。林绥这样貌，只要不现出本性，完全吻合这个角色。

反观男二号虽然镜头多，但因为陷入男一女一的感情戏当中极其容易招黑，遭受网友攻击，林绥刚从黑潭里走出来，确实不应该再陷进去，养精蓄锐才是正道。

深谋远虑，放长线，钓大鱼！林绥原来……

方易想清来龙去脉，顿时懊悔不已："原来你是这么想的，是我错怪你了。"

林绥点了点头，抬起脚，一脸天真："是啊，你看我反正腿瘸了，演个瘸子多合适。"

　　方易："……"

　　方易：你再说一遍！你信不信我掐死我自己！

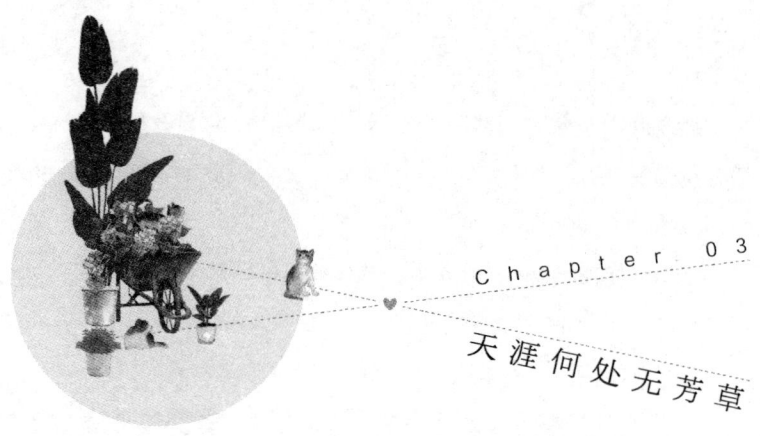

Chapter 03

天涯何处无芳草

01

谭蓁蓁,鹿予的大学同学,现在是鹿予工作室的成员,也是鹿予的经纪人兼助理。别看她身兼多职,一年到头需要她处理的事情也就那么几件。

鹿予除了偶尔心血来潮会抓着她一块在工作室熬编曲之外,就没有其他需要她费心费神的东西,所以她时常觉得,经纪人的薪水拿得很心虚。

但她的心虚里并没有想要增加工作量的意思啊!这突如其来的

工作量是怎么回事?

所以她严重怀疑鹿予被下药了,下在那杯被送往工作室的咖啡里……哦,或许更早。

几个月前的慈善晚会结束当晚,鹿予就一个人待在工作室里看视频……这么私人的事情,她作为下属怎么能袖手旁观,当然是和她一块看啊!

看个锤子啊!

谭蓁蓁指了指视频上拉小提琴的男生:"老大,我对你太失望了。"

鹿予一动不动,并没有要回话的意思,她自顾自点开另一个视频开始看,音频略带杂音,画质也不是很清晰,视频里的小男孩约莫十四五岁,穿着一件白色上衣,仰头时的半个侧脸带着一股傲气。

鹿予问:"你觉得怎么样?"

谭蓁蓁顿了顿:"五官精致,面容白皙,长得很好看啊,这是谁啊……等、等会儿!不是!老大这是要判刑的!你疯了吗?"

"林绥。"鹿予关闭视频,点开底下的网页,转头看她,目光中带着碾压式的蔑视,"我让你听曲,谁让你看人了。"

鹿予蹲在座位上不等谭蓁蓁回话就转过头拿贝齿咬着指背,自言自语地念对方的名字。

谭蓁蓁当时以为鹿予不过一时兴起,过段时间兴趣便会消散,鹿予创作陷入瓶颈期,有奇思妙想不足为奇,但是她万万没想到鹿

055

你踩在我心上了

予会跟林绥签合约。

不仅为林绥提供资源,还为林绥保驾护航!如果说鹿予私下找星途公司的高层谈话,为对方的节目和电视剧牵线搭桥,是为了还陈止的恩情。那江一言又是怎么回事,鹿予竟然让她费尽心思去处理?

那是鹿予啊,从不涉足娱乐圈内斗、绯闻、综艺,一门心思扑在创作的仙外仙啊!谭蓁蓁都要怀疑她死后的墓志铭都是一首新歌,就是这样一个人竟然问她怎么买水军冲掉黑粉的言论……

谭蓁蓁:"你是不是喜欢他?"

鹿予:"你是不是傻了?"

你才傻了!你智商为零!你傻而不自知!

在谭蓁蓁心里,林绥就是"蓝颜祸水",妖言惑众,必须斩草除根……但是,这是在之前,现在她看林绥,哪儿都满意,连鹿予说要去《云锦》拍摄现场找林绥探班,她都能面不改色地安排好一切。

鹿予一脸茫然:"我怎么觉得你见过张瑾逸之后不太一样了?"

因为那是她偶像啊,当然不一样!先前是她误会林绥了,林绥分明是菩萨心肠,成人之美的国家栋梁!

谭蓁蓁一脸娇羞地拍拍脸:"春天来了,万物复苏,又到了动物们……"

鹿予:"现在是夏天。"

谭蓁蓁:"夏天来了,知了叫了,又到了……"

鹿予:"闭嘴。"

02

《云锦》这部仙侠剧的导演是位五十出头的男导演，脾气火暴，一点就炸，在业界是出了名的火药桶，但业务能力不错，上一部拍的电视剧捧红了不少人，这大概也是众演员敢怒不敢言的原因。在娱乐圈这个大染缸里要想崭露头角就得吃得苦中苦，方……算了，人上人还是让别人当吧。

林绥身穿一身白衣，嘴咬一截芦苇，叉着腿坐在房檐下。前方的男二号正垂着脑袋遭受潘导一顿臭骂，唾沫星子跟飞絮似的满天飞。

林绥今天的戏份不多，方才已经拍完了，但他的演技实在算不上多好，抱着虚心向学的想法留下来跟其他演员取取经，但奈何全程下来都是在听潘导花样百出地训人。

今天阳光灿烂，空气干燥又闷热，林绥蹙眉扯了扯身上的古装服正想起身去换衣服，就看到远远跑过来一个人影，跑到他身旁时还差点绊了一跤。

林绥起身扶了那人一下，又伸手接过她手里装着冰奶茶的纸袋："说多少次了，要小心点。"

林绥语气淡淡，对方却立马诚惶诚恐地解释："我、我很小心的，不会摔了奶茶的……"

林绥抽出吸管插进其中一瓶奶茶里递给对方，一脸莫名其妙："我

你踩在我心上了

指的是你自己。"

江一一愣了一下,眼眶瞬间一红:"哥、哥你太好了,我、我……"

"别你了,热不热啊,往里站。"

江一一边点头往林绥身后走,边抽抽搭搭地吸鼻子。

方易经常要处理其他事情,怕林绥一个人不方便就向公司提议给林绥找一个助理。明星的助理一般都是男生,并且通常不找粉丝,但江一一不但是女生而且还是林绥的粉丝。

面试那天,林绥一开始并没有认出对方是他的粉丝,因为江一一全程瞪着眼睛一脸呆滞。等到林绥走近她时,才看见她咬着牙,"唰"的一声流下两行清泪,场面堪称惨烈。

因为那两行泪,林绥才想起她是谁。

这家伙是慈善晚会上躲开保安拦截,撞进他怀里的粉丝,也是致使他被全网痛骂的罪魁祸首。林绥一想起对方痛哭流涕道歉的样子就头疼。

林绥正想着,就见江一一小心翼翼地在身后戳了戳他的肩膀,语气十分兴奋:"哥,我刚才好像在外面看见明星了!"

"多稀奇。"林绥咬着吸管,含混不清,"你眼前就有好几个呢。"

江一一傻兮兮地笑:"也是,估计你都看腻了,不过鹿予真的好漂亮啊,以前只知道她是小才女,没想到长得也好看……"

林绥耳朵"噌"的一声高高竖起:"谁?你说谁?"

"鹿、鹿予啊。"

"在哪儿？"

江一一侧头往旁边一指，眼神倏忽一愣赶忙将手收回去："她走过来了……"

林绥转头看去，果然看到鹿予和谭蓁蓁远远地向他走来。这会儿潘导正喊暂停，让大家停下稍作休息，众人的目光便下意识地望向鹿予。

鹿予平时很少出现在新闻上，但名气一直很大，现场已经有不少人认出她，甚至有人先行一步向她打招呼——是刚才被骂得狗血淋头的男二号。

鹿予看了看对方，半晌才微微点头。对方估计以为鹿予认识他，神色立马一变故作熟稔地搭话："最近还好吗？"

鹿予又点了点头，片刻才掀起眼皮礼貌地说道："你是？"

林绥没忍住笑出声，刚扯了扯嘴角就接收到男二号的目光追击，他清咳一声刚想转开头，就见鹿予把目光落在他身上。

林绥之前听说廖琰也在附近赶通告，鹿予估计是去看廖琰，顺道过来看看他。但是，他们这关系……有点复杂，鹿予应该不希望别人看出来他们相互认识。

想到这里，林绥立马心照不宣地冲鹿予挤眉弄眼，鹿予挑了挑眉，林绥又眨了眨眼，鹿予再挑眉，林绥再眨眼。

在林绥心里，他们已经达成了互不相认的默契。

你踩在我心上了

  林绥正暗自感叹自己通情达理，就听见鹿予不咸不淡地开口："林绥，你眼睛痉挛了？"

  嗯？你怎么不按剧本来？

  林绥干巴巴地笑，牢记两不相认的准则，下意识地脱口而出："呵呵呵，你好，你好，大哥怎么称呼？"

  鹿予："……"

  林绥闭上眼，顿时怒拍自己的脑门儿。好在鹿予没什么表情地转过头跟潘导打招呼，潘导难得和颜悦色地冲她笑了笑，又问候了几句鹿铮的近况，林绥这会儿才想起鹿铮息影之前和潘导也合作过。

  不过这会儿林绥正与男二号进行一番眼神厮杀，没听清潘导具体问了什么，等林绥回过神时，只看到鹿予神色复杂地看了他一眼又转过头问潘导。

  鹿予："潘叔，你们剧本里……还有傻子这一角色吗？"

  林绥：喂喂喂，什么意思啊，我可听到了！

  林绥挥了挥过长的衣袖，刚伸出手冲鹿予以示警告就被一人神色激动地握住右手，剧烈地上下摇晃。

  谭蓁蓁一脸情真意切，因为浓烈的感激之情，"恩公"一词临到嘴边就瓢了。

  "相公！"

  林绥："……"

  鹿予："？？？"

众人:"!!!"

林绥瞪着眼,一脸惊恐地连忙抽回手往后一缩。

"廖狗"的水军都买到谭蓁蓁身上了吗?

"呸!"谭蓁蓁终于回过神改口,"恩公!恩公!别怕,我是来道恩的!"

林绥神色复杂地看着她,试探道:"你是'稻穗'?"

谭蓁蓁连连摆手:"我是'兔子'"

"兔子"?那不是张瑾逸那家伙的粉丝名吗?

林绥愣了愣,恍然想起张瑾逸前几天跟他提起,谭蓁蓁本人比电视上还可爱的事。林绥原本就是乱点鸳鸯谱,不想歪打正着,他们两人还真开始当起朋友了,但他万万没想到,谭蓁蓁是张瑾逸的粉丝啊!

林绥脑袋里一阵翻转之后,他才理清谭蓁蓁的"恩公"从何而来。

两人眼神一对,顿时喊出口。

林绥:"天王盖地虎!"

谭蓁蓁:"天王盖地虎!"

众人:"……"

江一一从身后探出脑袋,颤颤巍巍举手:"煲汤滋又补?"

众人一脸莫名其妙,林绥和谭蓁蓁已经凑在一块悄声细语,鹿予皱了皱眉,过了会儿面无表情地冲谭蓁蓁勾了勾手。

"蓁蓁。"

你踩在我心上了

谭蓁蓁非常狗腿地跑上前："怎么了老大？"

鹿予扫了林绥一眼才转过头："没事，出来晒晒太阳，醒醒脑。"

谭蓁蓁："……"

鹿予顿了顿，没忍住："你们说什么？"

谭蓁蓁不好意思实话实说，随口道："没说什么，他就问我一些你喜欢吃什么之类的。"

03

林绥从休息室换完衣服出来才上保姆车，谭蓁蓁在一旁组织工作人员把饮料和点心发放下去。保姆车里开着空调，丝丝凉意不断地从前方冒出头，鹿予坐在靠窗的位置望向开着半个口子的窗外。

林绥拿了一块点心放进嘴里，坐在鹿予对面挡住直吹过来的冷风。

鹿予看着他，斟酌道："你不用特意靠近蓁蓁。"

林绥心里"咯噔"一跳，他方才确实有意与谭蓁蓁建交，毕竟谭蓁蓁无时无刻不陪在鹿予身边，从她嘴里说不定能套出一些鹿予与廖琰接触的证据。但他没想到鹿予一眼看穿他的小心思。

林绥喝着嘴里的果汁，小声反驳："我没有……"

鹿予的目光却一下变了。

看来是真的。

谭蓁蓁说她与林绥签约的行为，有点垄断性意味，鹿予从前一心陷入创作世界，对于这类事情也只限于听闻的程度，那天她还特地找了相关的资料和文章加以了解，摒除那些禁止性的条款，她还注意到乙方其实特别容易没有安全感，所以会试图接近甲方身边的朋友以便多加了解甲方的喜好，博得好感。

林绥现下的情况确实很像。

鹿予顿了顿，放缓了声音："我不会不管你的。"

嗯？

林绥抬眼看着对方，鹿予直直迎上他的目光，神情坦荡甚至有点过于认真。

"不会不管他"的意思……就是时时刻刻都会关注他？难道鹿予知道什么了？鹿予不会知道他靠近她的目的就是为了"搜集证据，一雪前耻"吧！

难怪前几天他发的关于《开怀大笑》的宣传广告，廖琰会宣战般留言"拭目以待"，他当时回什么来着……"记得收看"。对，他当时就是为了恶心对方的！鹿予平时很少关注这些，那么就只有一个可能——廖琰告诉她的。

果不其然，鹿予突然说："我听廖琰说，你有很多房产得供……"她实在是不擅长说这些话，停了半天也只是干巴巴地接了一句，"如果有困难，可以跟我说。"

林绥嘴上一松，吸管从嘴边脱落掉进果汁杯里发出一声闷响。

她知道了！

你踩在我心上了

林绥脑袋"嗡"的一声炸开了,他买房的事情很隐秘,鲜有人知道,如果不是特意调查又怎么会知道。鹿予在调查他!她果然发现了什么,而廖琰为什么和鹿予说起?因为他们之间有不可告人的关系!

那廖琰又知道多少?按理来说,廖琰应该不知道他计划着扳倒他,如果廖琰知道,凭廖琰的脾气这会儿估计他已经哀乐齐鸣,人头落地了。

林绥脑内一阵天人交战,两个小人打得不可开交,难舍难分。

鹿予见林绥神色复杂地皱着眉不说话,怕林绥误会,连忙说:"是我让廖琰去查的,你别担心,别人不会知道。"

林绥:别人为什么不会知道?她是要拿我拖欠房贷的事情威胁我吗?

林绥低着脑袋,感觉后背一阵哆嗦。

鹿予:"冷吗?"

林绥肩膀一颤:"不、不冷。"

鹿予顿时头疼,那这是感动?

两人一时静坐无言,车门上的窗户突然被敲响两声。

江一一慢吞吞地拉开车门,从缝隙里探头看了看,接触到鹿予的眼神顿时一缩,望向林绥,小声提醒了一句:"哥,方易哥说让你准备一下,下午有个杂志封面得拍。"

林绥点了点头,江一一立马关上车门逃之夭夭。

鹿予视线落在桌上,回想了一遍,才记起这人的脸:"她是……

上次慈善晚会上撞你怀里的小女生？"

林绥灵魂一震，这她也知道！她是情报局上班的吗？

林绥故作镇定地咽了咽口水："嗯，你知道？"

那天晚上林绥走红毯出场的时间比较靠后，大部分明星都已经就席，但鹿予向来低调，跟主办方协商好了不走红毯，走另外的小门进去，也是那时候她正巧撞见了事情经过。

那天下着细雨，一个女粉丝跑出来时又急又猛，脚下一滑差点摔倒，林绥上前一步接住了女粉丝，但脸色很难看，在女粉丝提出签名时甚至一口拒绝："你怎么这么不小心……不签……一点都不知道注意自己的安全，摔了怎么办？"

林绥脸色不好，女粉丝又哭得稀里哗啦，周边的媒体顿时一阵沸腾，闪光灯一闪一闪地连成一条银色长河。

隔天便是铺天盖地的绯闻，"林绥辱骂粉丝"更是把他推向风口浪尖，但鹿予离场时明明看见口是心非的某人，亲手拿着签名照交给那个女粉丝。

娱乐圈鱼龙混杂，不干不净，她向来不屑多加接触，而且弱肉强食，成败都是应得的，但此刻她看着林绥微微睁大的眼睛，突然有些于心不忍。

鹿予应了一声，暗想林绥估计不愿让人知道，她便识趣地没再说下去。

林绥指尖哆哆嗦嗦地敲了敲果汁杯，众人都知道慈善晚会是他

你踩在我心上了

的死穴,他正是因为那场慈善晚会才陷入被"群起而攻"的境地,也是因为那场慈善晚会导致他手头紧,还不上房贷!

鹿予此刻提起这个,显然是醉翁之意不在酒。她是在提醒他,她能救他于水深火热,也能将他置于水深火热之中。

林绥看着眼前的点心与果汁……这竟然是场鸿门宴!

林绥垂死挣扎,展开自救,他音调一低,做垂头丧气状:"我从小就跟着我爸妈奔波,因为他们工作的原因搬了好几次家,到现在我们也没有一套真正属于我们的房子……"

鹿予:"我明白了。"

嗯?这旁白刚开始,主戏还没上场呢,鹿予明白什么啊?

但等不及他询问,方易催促的电话就打过来了。鹿予看了他一眼,自觉地走下车。

方易从远处正走过来,一看到鹿予顿时一僵。

鹿予冲方易点点头,又转头看向林绥。

"我走了。"

"啊……"林绥眨了眨眼,求生欲油然而生,非常谄媚地露出八颗大白牙,"您慢走。"

方易看着鹿予的背影,又扫了周围一圈探着脑袋往这边看的人。

方易:"天啊,这也太光明正大了。"

林绥一脸萎靡不振,没搭话。

方易:"鹿小姐怎么过来了?还有啊,——那丫头怎么了?刚才我看见她抱着手机失魂落魄地号呢。"

林绥深深地叹了一口气,兴致缺缺:"号什么?"

"不知道,只听她说什么'随缘大旗倒了''亡国了'什么的,估计是看古装剧吧。"

林绥唉声叹气地往休息室走:"不管她了,我自个儿都要亡了。"

04

谭蓁蓁评价张瑾逸时只用了十四个字:

天涯何处无芳草,

偏偏瑾逸是块宝。

而林绥评价鹿予也只用了十四个字:

一江春水向东流,

一腔孤勇为了狗。

为何?

这事还得从林绥最近手头上新增的一处房产开始说起。

自从鹿予来给林绥探班之后,林绥在剧组里整日都沐浴在目光围剿之中,其中男二号的目光最阴狠毒辣,杀人于无形,但好在林绥心胸宽广,不与他多加计较。

林绥的戏份不多,不到一个月就杀青了。潘导虽然没少骂过林绥,但毕竟林绥的演技还不到"病入膏肓"的程度,而且林绥虚心向学,进步飞快,算是剧组中难得让潘导另眼相看的人。

你踩在我心上了

　　临走之前，潘导还跟林绥提了一下他朋友后半年要开拍的戏。

　　"里面的男二号，我觉得挺适合你的，我跟他说一声，到时候你过去试试戏。"

　　林绥眼睛"噌"地亮了，做苍蝇搓手状，一脸期待。

　　"是什么角色啊？"

　　潘导："是个精神病人。"

　　林绥："……"

　　杀青之后，林绥又接了几个通告，其中有一档音乐类综艺节目是林绥比较期待的，但安排在一个星期之后，所以这期间林绥能够放一个小长假。

　　林绥的脚伤得并不重，现在已经好得差不多了，但他向来喜欢宅着，便打算小长假期间就在家里睡个天昏地暗，只是休息到第二天时，他突然莫名其妙地想起鹿予。

　　鹿予作为他的大金主，可谓是鞠躬尽瘁，死……呸呸呸，尽职尽责，但是反观他自己，身无长物，空有一张脸。

　　林绥躺在床上翻来覆去，愧疚感一层覆盖一层，在日落之前他终于起身去买了一堆甜点，打算慰问慰问他的大金主，但不想老天爷竟给他准备了一个大惊喜。

　　时至今日，林绥仍记得当时的情景，鹿予抱膝坐在沙发上看书，廖琰手捧一盘车厘子站在沙发边，他站在半开的大门旁，左手提着甜点，右手握着手机，距离他们不过三四米的距离，目睹了一场极具参考价值的场面。

廖琰看了他两眼,抛了一颗车厘子进嘴里,边吃边冲他打招呼,还顺手拿了一颗递到鹿予嘴边,鹿予表情淡淡地张嘴吃了。

"你来了?"廖琰歪头把视线往下移了移,笑着问,"带什么了?"

带了空无一物的脑袋,只剩一半电量的手机,以及满格的八卦心。

林绥愣了愣,转过头冲外面狰狞地扯了扯嘴角。

各位网友!各位网友!历史性的一刻即将来临!

我,夏洛克·绥,坚持本心,寻求真相,报道事实,终于功夫不负有心人,踏破铁鞋无觅处,抓住这极其关键的一幕……

等一下!为什么他们的反应这么正常,他们就不怕我将这件事报给媒体吗?

林绥脖子僵了僵,眉间一皱,顿时瞪大眼。

他给鹿予打电话时,鹿予只说自己在看书并没有提及廖琰的存在,他原本以为是鹿予不在意,现在看来分明是廖琰故意为之,为了将他吸引过来,也是为了让他看见这一场面,目的是为了……挑衅他!

对方刚才还故作温柔地冲他笑,分明是笑里藏刀。

林绥这边在捶胸顿足,廖琰在不远处好整以暇地看着。

廖琰:"他怎么了,看起来不太好。"

鹿予抬头看了眼,视线在对方微微泛红的脖颈上转了转,顿时了然于心:"他害羞。"

你踩在我心上了

廖琰一顿,堪称惊恐地望向鹿予。

林绥什么都不知道,他此刻怒急攻心,整张脸都气红了,转过头时连眼眶都微微绯红。

鹿予迎上他的视线,转头压低声音对廖琰说:"他好像不太喜欢看见我们在一块。"

廖琰点头:"好像是。"

鹿予立马往旁边挪了挪:"那你离我远一点。"

廖琰:"……"

林绥转过来时,只见鹿予与廖琰如胶似漆地说了几句话之后,鹿予就欲盖弥彰地往旁边的位置移了移,鹿予神色依旧平淡,廖琰目光却变得更耐人寻味。

还敢当着他的面眉来眼去、暗送秋波!太嚣张了!

那天廖琰并没有在鹿予家待太久,走之前还把果盘里仅剩的几颗车厘子塞林绥怀里,意味不明道:"想不到,你还有这一面。"

林绥面上笑嘻嘻,心里的小喷火龙早已将廖琰烧成黑乎乎一团。

"廖狗",侮辱我!

如果说这件事只是偶然,那隔天鹿予交给他的房产证就是砧板上的铁证。

虽然鹿予说,他原本就是星途公司的艺人,这套房子就当是公司分配给他的家属房,但林绥还是一眼看穿,这就是封口费。

但是,有便宜不占,是王八蛋,林绥只能恭敬不如从命——收下房子!

当时林绥只是觉得鹿予与廖琰恩恩爱爱,但碍于身份无法公开才不得不进行地下情,但是林绥很快便发现,他错了,他们之间根本不是两情相悦,而是鹿予一往情深。

05

廖琰与陌生女人出入酒店的绯闻闹得沸沸扬扬,从照片中可见两人亲密无间,相谈甚欢,媒体更是扑朔迷离地盖上"神秘女友""地下情"的字眼。林绥当时正蹲在餐桌旁的椅子上等方易买小龙虾,不想方易和江一一进门时连小龙虾都来不及放下就爆出这个绯闻。

林绥"噌"的一声站起身:"你说谁?"

方易一脸兴奋:"廖琰啊!"

林绥如遭雷劈,脚下一软就坐在椅子上。不知道为什么,他脑袋里的第一反应不是开心,而是鹿予知不知道。

林绥之前曾多次借机询问鹿予,她与廖琰的关系。鹿予的态度很微妙,每一次都躲躲闪闪没有正面回答,还试探他的态度,问他为什么这么在意。他原以为是鹿予做贼心虚,但没想到这是鹿予避而不谈伤心事。

林绥虽与鹿予相处的时间不多,但鹿予对他可谓恩重如山,对方先前为了廖琰不得已威胁他,现在又为了廖琰给他买房子,显然是爱惨了对方。

你踩在我心上了

方易一脸茫然，林绥这反应怎么看都不像开心啊，这是……乐极生悲？

方易正暗自琢磨就听见身后传来压抑的哭声。

方易转头问江一一："你哭什么？"

江一一"哇"的一声扑在方易身上："是真的！他们是真的！我就知道他们不是假的！随缘是真的！呜呜呜呜……"

方易一个头两个大："什么真的假的？你们都疯了吗？"

林绥突然站起身："不行，我得出去一趟！"

江一一立马站直身子，含着两眶热泪拦在林绥眼前："哥，你不要相信！这新闻绝对是假的！肯定是抓拍的角度问题！"

林绥此刻正为鹿予打抱不平，顿时怒气冲冲："什么假的！证据确凿，廖琰就是个渣男！他怎么能辜负……一番心意！这个人渣！"

江一一哭得更惨了，林绥感觉她要把自己都哭晕过去了，这家伙不会是廖琰的粉丝吧？

林绥："你别哭了，我去去就回。"

江一一："不行，你现在不冷静，出去会出事的。"

林绥皮笑肉不笑地踹翻一张椅子："我现在很冷静，我平静如水，波澜不惊。"

方易："……"

江一一："……"

鹿予家里一片漆黑,只有客厅的电视发出微亮的光芒。林绥原本准备好的一切说辞在看见对方的满面泪痕时,顿时腾空一消。

鹿予平静地抬手摸了摸脸:"你怎么来了?"

林绥一时哑然,低着头小声道:"我来看看你。"

鹿予点了点头,重新坐回沙发前的地毯上,背靠着沙发看电视上播放的电影。

鹿予看的是《剪刀手爱德华》,影片正播放到女主让男主拥抱她的片段,但男主的双手是剪刀,他没有办法拥抱她。

鹿予面无表情地吸了吸鼻子,顿了顿才转头对林绥说:"我泪腺比较发达,控制不住。"

鹿予在假装坚强时,还不忘解释,唉。

林绥坐在鹿予身边,口是心非道:"你不要相信,娱乐圈这种绯闻太多了,不一定就是真的,可能是抓拍的角度问题。"

鹿予一愣:"娱乐圈?"

林绥痛心疾首地点了点头:"廖琰找你了吗?"

鹿予想了想,这是在说廖琰刚才的绯闻?廖琰为什么要找她?这种捕风捉影的事情又不是第一回了。

"没有。"鹿予摇了摇脑袋,抽了一张纸擦脸,"我都习惯了。"

林绥顿时一僵,猛一转头:"习惯了?"

鹿予不知道对方为什么这么大反应,干巴巴"啊"了一声。

你就这么喜欢他吗,他是个渣男,你也能习惯?你……林绥心

你踩在我心上了

口剧烈起伏，刚呼出一口气就见鹿予转过头，拿纸巾按了按眼睛。

"娱乐圈不都这样嘛。"

当然不是，你以为是这样，是因为你被爱情蒙蔽了双眼！

廖琰不仅劈腿，还劈得理直气壮。

鹿予一脸无辜："你怎么好像很生气？"

看看这真挚的眼神。林绥顿时正义感横生，他感觉自己的声音都有点抖："鹿予。"

"嗯？"

"天涯何处无芳草。"男友别在圈内找。

鹿予一头雾水："你在说什么？"

这怎么还演上了？林绥哀叹一声，揽住她的肩膀拍了拍，又把她的脑袋压在自己的肩膀上，温柔体贴道："我的肩膀借你。"

鹿予耳尖一红，有点茫然，但过了会儿她就想通了，林绥这是怕她看电影看得太累？

啧，黏人。

鹿予蹭了蹭林绥的肩膀，过了会儿，又抬手摸了摸林绥的脑袋以示褒奖。

林绥表面不动声色，内心里直叹气。

鹿予都冲他撒娇了，果然是十分难过。

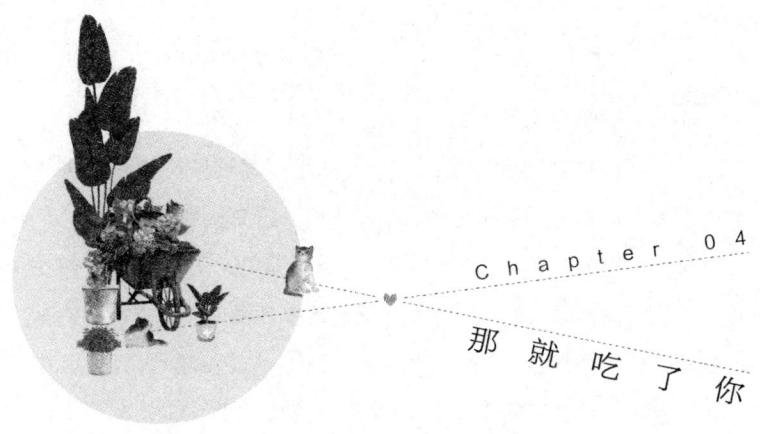

Chapter 04

那就吃了你

01

"廖琰私会神秘女友"的绯闻在网络上挂了好几天,热度一直不减反增,媒体更是变本加厉地牵扯出更多曾与廖琰合作的艺人,企图为对方编造出一本厚厚的感情史,其中不乏鹿予的名字,但众媒体心照不宣地一笔带过,半点脏水都不敢往鹿予身上溅。

大概是忌惮鹿铮的威名,娱乐圈中欺软怕硬是最常见的操作,大家不敢得罪鹿予又想要热度,便将战火转移到其他人身上,这一点林绥完全能够理解,但是为什么那个人偏偏是他!

你踩在我心上了

他长得很像炮火吗?

况且,你炒热度就算了,第三者插足是闹哪样?他和廖琰虽然水火不容,但也不至于插足他的私人感情,这简直是奇耻大辱!

林绥怒火攻心,在方易的哀号下,立马编辑了一条新微博,发送。

方易拦截不成,倒在一旁气息奄奄地打开微博,点进特别关注,按到林绥的微博界面。

"白衣胜雪,温润如玉——乔桉《云锦》。"

是一条转发自《云锦》官博的宣传广告,下面连带着三张林绥扮演乔桉时的剧照。

方易软成一摊水从凳子上滑落,总算松下一口气:"我还以为你要澄清绯闻。"

林绥捧着手机一脸淡然:"我刚才确实想澄清来着,但转头一想,估计会越描越黑,还不如趁热打铁宣传宣传。"

方易深感欣慰,近乎热泪盈眶地望着他:"你长大了,会给自己打广告了。"

方易撑着凳子坐起身,突然脑内警铃一响,眼泪一收:"等会儿,你怎么知道微博密码?我不是改了吗?"

林绥骄傲地挺了挺小胸脯:"不就是果果的名字缩写加生日?"

"是啊,但你怎么知道的?"

林绥眉毛一挑:"知子莫若父啊。"

方易:"……"

冷静，不能打，这是甲方爸爸。

林绥的颜值向来耐打，评论里少不了有粉丝激情澎湃的"彩虹屁"，溢美之词一段接一段。

林绥看得心情好，挑了几个评论回复，准备关掉微博时冷不丁看到一条评论："双鹿"CP赛高！

林绥在少年成名的那部电影里，扮演的小男孩就叫鹿鹿，所以一些老粉经常会用这个名字叫他。之前有一次机场接机时，有粉丝劈着音喊他"鹿鹿"，当时人多嘈杂，他只能估摸着方向转头冲那边了挥了挥手，人群中顿时一片哭喊声。

这事当时还在网络上引起一阵轰动，舆论里一边夸赞他年少时演技精湛，一边吐槽他近几年作品糊成一片。

前阵子他绯闻附身，全民黑，粉丝数量直线下降，最终留下来的大多数是喊他"鹿鹿"的老粉，所以林绥对这个名字很在意，但这条评论里怎么扯上鹿予了？

林绥点进去，略过粉丝们的斗嘴争吵环节，点了其中一个《双鹿CP真相是真》的视频链接，然后——他就打开了新世界的大门。

"这么一看，我跟鹿予还挺般配……"

方易在一旁抬起头，一脸困惑："啊？看什么？"

林绥莫名心虚地收起手机："看……看房子！对，看房子！"

于是，林绥踩着假期的最后一天去逛了一遍他隐藏在各处的房产，最后一处房子是鹿予上次送给他的"家属房"，位置就在鹿予

你踩在我心上了

家附近,但鹿予住的是偏南方向的别墅区,而他的房子是距离鹿予五百多米的普通公寓。

林绥过去时正好遇见谭蓁蓁从小区大门出来,谭蓁蓁手提一个大包,站在一旁等司机过来,余光瞥见林绥时短暂地讶异了两秒。

谭蓁蓁笑着问:"你怎么过来了?"

林绥摸不透谭蓁蓁知不知道"家属房"的事情,便支支吾吾地说过来找鹿予。

谭蓁蓁眼一抬,略带讶异:"你不知道吗,鹿予住院了?"

林绥一愣,谭蓁蓁探头往路边行驶过来的车看了看,连忙冲林绥摆手:"不说了,我先走了啊。"

"哦,好。"

林绥随口应了一声,站在一旁看车尾绕过弯道最终消失不见。

啧,忘记问原因了。

林绥蹙眉往里走去,走了两步猛然停住脚。

鹿予该不会是做傻事了吧?

02

鹿予平时看起来总是很冷淡,仿佛这世间没有任何一件事情能够让她为之动容。她出席活动的次数很少,所以每一次她露面时身边总是围绕着一群人,他们百般讨好,或是借机向她邀词,或是借机混个脸熟,渴望有朝一日与影帝鹿铮沾上一星半点的关系。

林绥向来不愿意做这种事,每一次碰上都是绕道远远看上一眼,但只有在上次慈善晚会上他与鹿予才恰巧撞上视线。

鹿予的眼睛很好看,晶莹透亮,单纯又干净,倒真的像是误入囹圄的小麋鹿。

而那双眼睛,前几天还在他眼前落下泪来。

林绥停在路上,半天才叹出一口气。他隐隐约约觉得自己不太对劲,但还是义无反顾地掏出手机给谭蓁蓁打电话。

谭蓁蓁告知他医院地址和病房号之后,多提了一句说,病房里现在有工作室的成员在。

林绥明白对方的意思,谭蓁蓁应该是知道合约的事情,所以好心提醒他。

林绥之前没觉得多奇怪,现下却莫名觉得不舒服。

他林小爷竟然这么见不得人。

但林绥也只敢在心里愤愤不平,转身买了果篮之后还是乖乖等在医院楼下,等谭蓁蓁"通知"他。

林绥原本以为不用太久工作室的成员便会离开,所以他早早就在车上戴好口罩与鸭舌帽等着,但不想大半个小时过去后,手机依旧没有动静。林绥百无聊赖地趴在方向盘上,在投射进来的日光中恍恍惚惚地睡着了。

谭蓁蓁给他打电话时,他脑袋里还是一团乱麻,睡眼惺忪地提着果篮直接往VIP病房里走去。

你踩在我心上了

林绥进来时，鹿予正半靠在床头上喝水，余光瞥见林绥莫名眉间一皱，抬头看了谭蓁蓁一眼。谭蓁蓁立马干巴巴地笑了两声，退到门边。

"老大，我晚点给你买粥啊。"话音刚落，她便将病房门缓缓合上，房内一时寂静无声。

林绥不明所以，抬手摘下口罩坐在床边的座椅上。

鹿予一脸倦容，脸色很红，唇色却很苍白，既可怜兮兮又惹人心疼。林绥莫名觉得很生气，抬手从果篮里挑了一个苹果削皮。

鹿予往里蹭了蹭，先行开口："你怎么过来了？"

她生着病，语气不自觉地放柔放缓，听起来轻飘飘的，有些挠人。

林绥搓了搓手指："我听谭蓁蓁说你生病了，就过来看看你。"

谭蓁蓁说鹿予高烧不退，医生检查说是肺炎要住院治疗几天，但林绥直觉此事与廖琰有关，鹿予肯定是因为廖琰的绯闻一事，怒火攻心、伤心欲绝才导致生病。

林绥心里想着，语气便不自觉地带着责备："你都这么大的人了，怎么连自己都照顾不好。"

鹿予病恹恹地垂下眼，一时不知道该怎么回答，便小声反驳："我平时很少生病。"

林绥顿时哑然，生病之后的鹿予连嘴上功夫都退步了，轻声细语的，跟拿一根芦苇往他心上扫似的。

林绥抬起削好皮的苹果递到她嘴边："要吃吗？"

鹿予目光一顿，脸色复杂道："苹果没洗。"

"……"

"你的手也没洗。"

"……"

林绥尴尬地想收回手，方才光顾着生气了，怎么忘了这事。

但他手腕刚动了动，鹿予就直起身凑近苹果，张嘴咬了一口，见林绥不说话又小心翼翼地加了一句："甜的。"

林绥盯着苹果上的齿痕，莫名一阵脸热，傻愣愣地凑到鹿予嘴边："那……再吃一口？"

然后他就这么抬着手，喂鹿予吃完了一整个苹果。

林绥觉得他自己可能也病了，而且病得不轻。

林绥扔掉苹果核，状似不经意地伸了伸腿，往病房四周扫了一眼："你没有跟……家里人说吗？"

"嗯，说了也没什么用，平添担忧。"鹿予拿纸巾擦嘴，顿了顿才继续说，"我没想到秦蓁会跟你说。"

"为什么不能跟我说？"

"嗯？"鹿予一愣。

林绥站起身抽了一张纸，微微附身拿纸巾往鹿予脸颊的位置蹭了蹭："那你想告诉谁？"

廖琰吗？

你踩在我心上了

林绥消失无踪的怒气又卷土重来，但视线一遇上鹿予，他就偃旗息鼓，火气全收。

"我是说，你应该要让身边的人知道，不然……以后知道会生气的。"

鹿予看着他，不知道在想什么，过了会儿突然直起食指点了点他的脸："这里怎么了？"

林绥拿手背蹭了蹭，靠近耳边的位置有一道微微凹陷的长痕，估计是方才睡着时被口罩的松紧带压出的痕迹。

"我刚在车上睡了会儿，估计压出红印了。"

"在车上？"

林绥没多想，他原本就以为是鹿予让谭秦秦提醒他病房有其他人。

"嗯，等你工作室的成员离开。"

鹿予脑袋一转便明白过来，蹙着眉不太开心地把后背压进枕头里："下次不用这样。"

林绥顿时心花怒放，但表面只清咳了两声做掩饰。

鹿予转头又正儿八经地问了几句他工作上的事情，他随口提了一句之前潘导提过的那个角色。

鹿予顿了顿："潘叔应该不会戏弄你，你再去问问。"

"好。"林绥乖乖应下。

鹿予垂眸盯着眼前的被子，神色涣散，连眼角眉梢都耷拉在一块。

林绥:"睡一会儿?"

鹿予迟疑着没说话,只是不轻不重地看了他一眼。

林绥不明就里,试探道:"我不走,守着你?"

林绥刚说完就觉得牙酸,万一鹿予不是这个意思他岂不是显得太自作多情了。但好在鹿予通情达理地应了声,借助着林绥的帮扶把身子塞进被子里。

鹿予眨了眨眼,突然开口说:"想听上次的曲子。"

林绥的视线下意识往周围一扫,语气轻柔:"没有小提琴,下次好不好?"

鹿予病恹恹地掀起眼皮:"你哼给我听,行吗?"

林绥心口一热,行行行,你说什么都行。

他低了低头,过了会儿又觉得不太妥当,索性半蹲在床边,放缓音调哼着曲。

过了会儿,鹿予迷迷糊糊地呓语:"你编得还挺好听。"

林绥哄骗似的笑着问:"你怎么知道这首曲子是我自己编的?"

鹿予不再说话了,微微侧躺闭着眼睛。

窗口的白色窗帘起起伏伏,光影一跳一跳地溜进来,林绥蹲在床边盯着鹿予的脸看了又看,突然感觉手指有点痒,很想伸手碰一碰她。

"鹿予,"林绥恍恍惚惚地开口,"你别喜欢廖琰了……"

你喜欢……

你踩在我心上了

门外有护士推着医用推车经过，托盘上的器物碰撞在一块，发出"叮叮当当"的声响。

林绥指尖一颤，整个人顿时清醒过来。

疯了，疯了，他可能真的生病了，脑袋都不听使唤了。

03

落日西斜，天际灰蒙蒙地落着霞光，林绥坐在一旁的沙发长椅上玩游戏，直到肩膀一阵酸痛才反应过来，他已经在病房里待了好几个小时。

其间只有护士默默进来给鹿予换针水，余光瞥见戴着口罩的林绥时，好奇地多看了两眼。

林绥低着头假装若无其事地看手机，内心里一阵忐忑，等护士出去后才松了一口气。

入夜时鹿予才醒过来，蜷缩着身体在被子里一阵扭动。过了会儿，林绥就听到断断续续的咳嗽声，林绥跑过去扶起她，避开针头小心翼翼地拍着她的后背。

谭蓁蓁推门而入，一眼就看到鹿予窝在林绥怀里。

"那个……我一会儿再来？"

林绥顿时一阵燥热，扶着鹿予的肩膀解释："她刚咳嗽，我帮她拍背。"

谭蓁蓁拖着长音应了一声，意味不明地看着林绥，还想说什么，鹿予就探头扫了她一眼。

谭蓁蓁接收到警告,立马乖巧地提着手中的食盒跑过去。

林绥晚点得飞去另一个城市,赶明天一大早的综艺节目录制,刚才方易已经发过信息提醒他,这会儿估计已经在楼下等着了。林绥原本就是因为不放心鹿予一个人,才留下来守着她,现下谭蓁蓁回来了,他便没有继续留下的理由。

"那我先走了。"林绥抬手压了压头顶的鸭舌帽,犹豫片刻才解释,"一会儿得赶飞机,明天一早在省城电视台有节目录制。"

鹿予点了点头,问:"什么类型的节目?"

"音乐类。"林绥笑了笑,"要准备才艺表演,我还不知道是要唱歌还是……"

"拉小提琴吧,"鹿予看着他,"好看。"

林绥平时自恋惯了,动不动就自夸,但这还是第一次有人这么认真地夸他好看,他顿时不好意思地挠挠脸,刚想说话,鹿予就收回视线,接过谭蓁蓁递过来的汤匙,补充了一句:"小提琴好看。"

林绥临到嘴边的话又硬生生咽了回去:"哦。"

鹿予突然笑了一声,像一个奸计得逞的恶作剧小孩。

"骗你的,你好看。"鹿予想了想,"一会儿我让人把小提琴送过去给你。"

林绥点了点头,没敢看她。

"林绥。"鹿予突然问,"你喜欢唱歌吗?"

你踩在我心上了

林绥一愣。

"那演戏呢？唱歌和演戏，你更喜欢哪个？"

从来没有人这样问过他，别人只会说，你得好好唱歌，你得好好演戏，这是第一次有人把主动权交到他手里。

鹿予的态度很认真，所以林绥并不想搪塞她。

"演戏。"

他一个摇滚歌手出道的艺人，最喜欢的竟然是演戏。林绥自己都觉得自己有点莫名其妙，但鹿予没有笑，垂头想了一会儿才抬头笑了一声。

"那你好好演戏，如果是你的话，一定不会无功而返。"

林绥进到电梯里，用力搓了搓脸，口罩上方的眼睛却忍不住一再往下弯，他伸出食指按了按，警告它们不要太放肆，但过了会儿连嘴角都没压住向上扬了扬。

鹿予这人吧，虽然嘴巴毒，但耐不住眼光好啊！

林绥心情颇好地走出医院大门，远远地看见方易的车停在角落里。

方易趴在车窗上正一眨不眨地往这边看，余光瞄见林绥时便立马伸手挥了挥。

林绥拉了拉口罩刚准备往前走，眼前突然蹿出一个人，风驰电掣地拉着他就往墙上一甩，他还没回过神就被人压在墙上，一手抓住他的肩膀，一首扣住他的后脑勺。

"兄弟,帮个忙。"

林绥脑袋一蒙,抬头看清来人后顿时恼怒:"谁是你兄弟啊!你神经……唔……"

廖琰快速地把林绥脑袋上的鸭舌帽压在自己头上,右手用力往前一推把林绥的脑袋塞进自己怀里。

目睹全程的方易:这也太……刺激了……

林绥还从未遇见过这件事,偏偏廖琰"大力出奇迹",死压着他的脑袋把他往墙上推。林绥使出浑身解数挣扎,好不容易抬起脑袋破口大骂,又被廖琰捂住嘴。

"拜托了,拜托了,再忍一会儿。"廖琰低着脑袋,神色慌慌张张。

林绥刚瞪他一眼,余光却看见他身后有两个男人脚步飞快地往医院里走,身影有点熟悉,应该是圈内人。

林绥刚暗想,廖琰就絮絮叨叨地开口了:"打死我下次也不跟高崇借衣服了,不就弄丢了一件外套,说了会赔他,还死缠烂打通缉我……"

高崇?

林绥接触高崇的机会不多,但在为数不多的几次里,对方都是一脸不咸不淡的态度,既不得罪人也算不上亲近,怎么会对廖琰死缠烂打?而且衣服……等会儿……不会是之前鹿予家里的那件吧?

廖琰探头看了看,见高崇走远后才松开林绥:"谢了啊,弟弟。"

林绥脑袋"嗡"的一声响,抬脚就踹过去:"谁是弟弟!你才

你踩在我心上了

是弟弟！"

廖琰迅速地往后躲了一下，刚松下一口气就见林绥一脸狠厉地挥拳过来。

"你别激动啊，我又没亲你。"

林绥瞪大眼："你还想亲我，你是不是脑袋涨潮了？"

廖琰虽然架住对方的手，但措手不及被对方踢中膝盖，抱着腿在一旁嗷嗷直叫。

方易眼疾手快，打开车门就跑过去拉住林绥："小祖宗！小祖宗！周围都是人哪！"

幸好他们站的位置是在角落的阴影处，并没有吸引到太多人的注意力，不然明天的新闻头条不是"林绥暴怒当街殴打廖琰"，就是"男明星为何医院门前互殴"。

但不管哪一个都够林绥接近零度的路人缘，再直降十八度。

林绥来势汹汹，廖琰心惊胆战地往后退，过了会儿才狐疑地往医院大楼看了眼。

"你来看鹿予？"廖琰问。

林绥火气还没消下去，立马甩了一句："关你什么事！"

廖琰没说话，只是看着他笑，目光坦荡甚至包含着一种无法言说的戏谑。

林绥脑袋里的那团火虽然越烧越旺，但他理智尚存，转头一想就知道廖琰这会儿出现在这里，十有八九是来看鹿予。

林绥内心里一阵翻滚，在廖琰越发坦荡的目光下，气势突然弱了下来。

男女朋友的关系了不起啊！看不起单身狗啊！信不信我咬你！

想通这一点，林绥却觉得自己更生气了，连"八卦新闻记者"的身份都不顾了，气冲冲地往车里走去。

方易紧随其后，恨不得架着林绥走得更快一点。

林绥拉开车门坐进去，过了会儿才后知后觉地转头望向江一一。

"你怎么在这儿？"

江一一咬着下嘴唇，半是兴奋半是忌惮，连忙举手表忠心："哥，我以性命担保，绝对不会说出去！"

林绥以为江一一说的是方才他动手打廖琰的事，满不在乎地摆了摆手："说出去我也不怕。"

江一一"嗷"的一声捂住心口，"蒸煮发糖"，丝毫不给中间商赚糖渣的机会！

随缘CP，果然真爱无敌！

江一一："哥，你放心，总有一天大家都会理解的！"

林绥一头雾水，理解什么？理解他打廖琰？这小姑娘怎么一天天的胡言乱语。

但是，他此刻也没心情跟对方继续聊，胡乱点了点头就把脑袋倒在椅背上，平息怒火。

你踩在我心上了

04

　　林绥历经三个多小时的机程，终于到达省城，原本预计到达机场的时间是晚上九点多，但因为航班延误了一个多小时，到达省城时已经临近晚上十一点。

　　江一一先行出去，探头扫见机场出口处的一众粉丝，连忙跑回去告诉方易。

　　林绥拉下鼻梁处架着的墨镜，问："人多吗？"

　　"还行，不算太多。"江一一怕林绥觉得粉丝数太少，暗自伤心，连忙接上，"后援会会长之前在群里说，哥哥明天一早得录节目，怕打扰哥哥就阻止了好一部分人来接机。"

　　林绥点了点："那就好。"

　　江一一一时没反应过来，还是方易解释说，粉丝人数不多的话就不会造成人群拥堵，也就不用走VIP通道，能出去跟粉丝见面。

　　江一一眼眶一红，用力地点了点头。她虽然是林绥的粉丝，但算不上多么狂热，以前从来没有给林绥送机或接机过，都是默默地喜欢着他。

　　之前因为慈善晚会一事让自己的偶像背锅，遭受辱骂，所以她才凭着一腔孤勇去星途公司面试，却不想真的被命运眷顾了一把，当上林绥的助理。

　　江一一时时刻刻提醒自己，一定要理智，一定不能过激，一定要控制住自己……

江一一抽抽搭搭地跟在方易身边："哥哥太好了，能够喜欢他真的太好了……"

方易笑了一声："谁说不是呢……但是，你收一点，你现在是一个没有追星感情的助理。"

江一一顿了顿："方哥，我很早就想问了，你不是经纪人吗？你怎么一直跟着哥哥跑？"

方易停顿了一会儿，他确实是林绥的经纪人，但一直以来他都是既掌外又掌内，经纪人和助理的活儿他都干，而且他的合同不是跟星途公司签的，是跟林绥签的，所以事实上他的顶头上司只有林绥一个。

方易摘除自己当初入行差点被星途公司踹出门的事情，只简略地说他手上的艺人只有林绥一个，以后也只负责林绥。

他们走在后面絮絮叨叨，林绥听了一路，临近出口终于忍无可忍回头："你俩说什么呢？"

方易与江一一心照不宣地对视一眼，笑着不再说话。

林绥身边还站着两位人高马大的保镖，方易倒是不担心林绥的安危，林绥收起墨镜抬头看了一眼示意保镖不用跟太紧。

粉丝们一见到林绥就摇着应援物惊呼，但声音都在尽量压低，井然有序地走在林绥身边。

林绥和粉丝的关系一直都很好，能够来接机又经过后援会会长筛选的更是真心老粉，态度端正，举动规矩，场面十分和谐。

你踩在我心上了

粉丝A抱着一个纸箱子递给林绥，林绥抬头看了眼，认真地道："不好意思，不收礼物。"

对方立马道："不是贵重的东西，是我妈妈做的小公仔，但她今天有事不方便过来，她还让我一定要告诉你，她非常喜欢你！"小女生顿了顿连忙又加了一句，"我和我妈都非常喜欢你！"

林绥下意识地问："那你爸呢？"

对方一愣，片刻才恨铁不成钢道："我爸？不提也罢！"

林绥笑了笑，抬手把口罩拉下，伸手接过礼物："谢谢阿姨，希望她身体健康。"

粉丝B："哥哥！最近忙吗？要注意休息哦！"

林绥："嗯，你们也要注意，还有好好学习，好好工作。"

粉丝C："哥哥，我学习成绩总是提不上去怎么办？"

林绥："那就拽上去。"

……

江一一帮着收了一堆信件，林绥一边走一边给粉丝签名，偶尔看见举高的手机便会看着镜头稍稍停顿两秒，一点都不像平时一点就炸的林魔王。

林绥签名的速度很快，经常拿过应援物就往上面签，所以直到他签了两笔之后，才看到手上这面扇子上依偎在一块的小人，头顶明晃晃写着"双鹿CP"。

递扇子过来的粉丝顿时一僵，心如死灰地伸手准备拿回去，但没抽动。

林绥顿了两秒,一脸天真无邪地问:"什么是双鹿CP?"

周围一群粉丝顿时一慌:"哥哥!你还小!你不要听!"

但林绥执拗地看着对方,对方磕磕巴巴着答不上来,感觉都快哭了。

林绥暗自失落,怎么这么不懂事呢,但过了会儿,他又想,粉丝为什么要在这个方面懂事!

他果然是病了。

林绥抬手继续签名,最后还在结尾画了一只卡通版的麋鹿,全当补偿。

他刚画完口袋里的手机忽然振动。

来电显示是"一颗草莓"。

这是林绥最近刚给鹿予改的备注,因为对方非常喜欢吃草莓,一吃一大盒。

林绥正犹豫着要不要接,旁边突然有粉丝喊了一声:"哥哥!注意保护隐私!"

林绥手一抖,不仅接了,还误按到扬声器。

鹿予轻柔的声音转瞬就从听筒里溢出来:"到了?"

林绥:"……"

粉丝:"……"

说时迟那时快,林绥脑内一转,故作镇定地取消扬声器,把手

你踩在我心上了

机压在耳边,波澜不惊地喊了一声:

"妈!"

鹿予:"……"

她顺杆往上爬:"嗯,乖儿子。"

05

林绥回到酒店才给鹿予重新回电话,讲明事情经过之后,电话另一头的鹿予停了好几秒,然后肆无忌惮地开始笑。

林绥原本觉得难堪,后面听着听着,莫名其妙地就安静下来,感觉鹿予的笑声顺着无形的网络线,一路磕磕绊绊地撞进他耳朵。

直到挂断电话,林绥的耳边也依旧一片燥热。

林绥把自己摔进被窝里,过了会儿又探出脑袋,打开备忘录。

《我的金主和我的死对头不得不说的二三事》

备忘二:

鹿予和廖琰在一起。

他们在一起。

唉!

林绥打完最后一个"唉"字突然浑身一颤,他为什么会打"唉"这个字,他不是应该开心吗,他作为八卦记者的职业操守哪里去了?

林绥扯了扯嘴角，没扯起来，索性一扬被子把自己完全罩进黑暗里。

方易早上来敲林绥的门，林绥像是三魂七魄被人打散了重新组装在一块，摇摇晃晃，精神不济。但节目录制要紧，方易没顾得上问，就拉着林绥往电视台赶。

艺人一般都是从电视台的后门进去，上到二楼的露天阳台处，再同底下的粉丝打招呼。林绥的黑眼圈大得吓人，方易急急忙忙地把墨镜塞他怀里。

林绥随手把墨镜架在鼻梁上，睡眼蒙眬地冲底下挥了挥手，下面顿时一片叫喊，有人喊"林绥"，有人喊"鹿鹿"，有人喊"男朋友"，有人喊"廖琰"。

嗯？廖琰？

林绥猛地睁开眼，底下除了他的粉丝还有一群拿着廖琰应援物的女生。

她们瞪着眼，眼睛里闪着聚光灯似的光芒，齐声大吼："廖琰哥哥！"

林绥正想问她们是不是相思成疾，眼睛病了，肩膀上就被搭上一条胳膊，他下意识地转过头就被廖琰捏住下巴扭了回去。

廖琰笑着喊："大家早上好啊！"

"啊！"

林绥内心毫无波澜，甚至想杀人。

你踩在我心上了

　　但当着这么多人的面,他不好做得太难看,只能干巴巴地扯了扯嘴角。

　　众所周知,他和廖琰是敌非友,粉丝撕得天崩地裂,都想当对方的爸爸,而现在正主竟然"相亲相爱"地搂着肩膀同彼此的粉丝问好……林绥不用想,就知道明天的热搜会有多么"惊世骇俗"。

　　林绥之前在放假,便没有特地让方易去打听另一个参加节目录制的嘉宾是谁。娱乐圈其实说大也不大,来来去去都是眼熟的人,虽然他挚友不多,但也不至于碰上一个人就跟他八字不合,但他没想到,碰上的人还真的就跟他八字不合,而且是圈内公认的八字不合。

　　林绥原本因为睡眠不足导致的困倦,顿时烟消云散。虽然节目环节的游戏都是以娱乐为主,但他就是不想输给廖琰,有廖琰的地方就是他举旗扬威的战场!

　　林绥精神十足地开始指导化妆师给他化妆,严格要求对方化出惊天地泣鬼神的妆容。

　　化妆师拿着眉笔的手一抖,好言相劝:"你底子好,简单上点妆遮住黑眼圈就行了。"

　　林绥挑了挑眉,没反对。

　　方易在后面一脸无可奈何,倒是江——一脸笑地跑出去给林绥买饮料。

　　林绥之前了解过这个节目,对于主持人的套路和主持风格略有耳闻,所以整体下来也并没有特别尴尬的部分,而廖琰更是莫名其妙地同他亲近起来,把他所有的激进行为都柔情似水地打了回去,不管他做什么,廖琰都是一脸捧场地开始鼓掌,外加言语加油。

林绥的势在必得,反倒成了小孩子在争糖吃的幼稚行为,在镜头面前还不得不和廖琰演绎一场兄友弟恭的精彩戏码。

节目效果有了,他想死的心也有了。

主持人似乎还嫌不够热闹,在节目录制过程中还临时加了一场现场通话。林绥近期的绯闻对象就是鹿予,主持人古灵精怪地绕了一通,都被林绥没有对方的联系方式给打了回去,主持人无奈只能转头问廖琰。

廖琰之前和鹿予合作过,没有办法靠三言两语打太极,只能点了点头,主持人立马让导播安排拨号。

廖琰笑了笑,看起来一脸轻松:"鹿予经常不拿手机,这会儿也不知道会不会……"

他话音未断,等待接通的声音就断了,取而代之的是鹿予有气无力的声音。

林绥心下一动,鹿予昨晚跟他说烧已经退了,怎么现在声音听起来还是虚弱无力?

廖琰半点没有避讳,直接询问鹿予的状况。

鹿予除了音量小了点,声音依旧平淡:"还没退烧,在打点滴。"

廖琰丝毫不讶异地笑了两声,仿佛早已知道鹿予的情况,方才不过是过个场,他们你来我往地讲了两句。现场的观众很亢奋,主

你踩在我心上了

持人也很亢奋,仿佛只有林绥格格不入地站在一旁。

廖琰突然伸手搭着林绥的肩膀,笑道:"那你得多注意啊……对了,林绥在我旁边呢,你要不要跟他说说话?"

主持人瞪直眼,就差没有冲过来给廖琰一个熊抱。

林绥低着脑袋没说话,他整个脑袋里都是鹿予昨晚骗他说已经退烧的话。

难道因为廖琰是男朋友,所以可以实话实说?因为他只是普通朋友,就能随口敷衍吗?

整个演播室一时寂静无声。

林绥深吸了口气,佯装无事地笑了笑:"鹿前辈,我是林绥,生病要快点好起来啊。"

鹿予停顿了两秒:"嗯,节目录制开心。"

这对话有点奇怪,但又说不出哪里有问题,主持人机敏地出来控场让全场观众和鹿予打招呼,又说了几句贴心的话才挂断电话。

林绥的电话是打给张瑾逸的,他和张瑾逸关系好,路人皆知,所以期待值不高,观众反响也平平。

节目结尾的最后一个环节是才艺表演,廖琰演唱了那首火遍大街小巷的歌曲,而林绥一改常态地拉了一首小提琴曲。

林绥很少在节目中拉小提琴,摇滚歌手出道的他,最常出现在他手上的乐器是电吉他,所以现场的气氛一时被推向高潮。他拉的是一首原创曲目《夏日》,节奏轻快,刚好适合收场的氛围。

但他心不在焉，直到下台时也没去注意观众的反应，倒是廖琰在他耳边叽叽喳喳地说个不停。

"你拉得真好，你怎么会拉小提琴，我还以为是鹿予骗我。"

林绥面无表情："你今天吃了好丽友吗？这么多废话是要跟我交朋友？"

"别激动，我刚才多照顾你啊！"

林绥哼了一声："谁要你照顾了。"

廖琰脱口而出："鹿予交代的，我不得不从啊。"

林绥一愣，抬手拉了拉袖口，闷声闷气："鹿予说的？"

"对啊，啰啰唆唆地拉我讲了半天。"身后有人喊住廖琰，他回头看了看发现是节目组的工作人员，他转头冲林绥摆摆手，"喊我去补拍了，我先走了啊。"

林绥看了看他的背影，过了会儿又转头盯着自己手里的小提琴发呆，片刻之后才终于让深藏的好心情，稍稍死灰复燃。

06

晚上，林绥和节目组的导演一块去吃火锅。餐桌上少不了喝酒，林绥今晚心情不佳，周围人又总是借机询问廖琰和鹿予的关系，他闷声不响却高高竖起耳朵。

"你们是不是真的……"

滚烫的锅底上方不断翻腾着热气，廖琰伸长手从里面夹了一块

你踩在我心上了

毛肚，漫不经心道："我们就是好朋友。"

他态度冷淡，别人也不好再问，只是拐弯抹角地问起鹿予最近忙不忙，台里有一个新节目的主题曲想邀她写词。

林绥酒量不好，几杯下肚，脑内已经氤氲着一团雾气，下意识地接了句："她没空写词……"

一桌子人顿时齐刷刷地将目光移到林绥身上，林绥宛如当头一棒，酒醒一半。

"我的意思是，最近歌坛这么多人邀鹿前辈写词，她估计想帮忙也有心无力。"

众人恍然大悟，点头附和："是，是，是，早听说'小顾岸'的词难邀。"

林绥单手撑着下巴，视线在杯沿中一通转，小声嘀咕：她才不是小顾岸，她就是鹿予。

她是鹿予。

凌晨聚餐才散，众人都喝得面红耳赤，勾肩搭背地往门口走。林绥肚子装了不少酒，但走起路来毫无异样，廖琰误以为林绥同自己一样酒量不错，直到他把手架在林绥的肩膀上，林绥第一反应没有将他推开，而是蹙眉盯着他。

林绥义正词严道："我不跟你玩。"

表情严肃，话语幼稚。

廖琰瞬间明白过来，连忙架着他往门口的方易车上推。

方易早就等在门外，从廖琰手中接过林绥之后，连连道谢。

林绥小脸一冷："方易，你不准跟他玩！"

方易置若罔闻，冲廖琰点了点头。不料，林绥直接站直身，伸出食指点了点廖琰，一脸愤怒。

"他是坏蛋，你不知道吗？"

被扣上坏蛋名号的廖琰简直哭笑不得："他喝醉之后都这样吗？"

方易不好意思地点点头："嗯，就跟小孩子似的闹脾气。"

林绥："我不是小孩！"

方易："一会儿给你买牛奶。"

林绥："噢！"

方易将林绥送回酒店，林绥一路上也不说话，就靠着车窗往外看，安静又乖巧。

林绥之前也喝醉过，但他醉酒之后不会耍酒疯，不会大闹天宫，就是心智变成小孩子似的，直率又天真。

林绥的房间是套间，方易原本打算在林绥房间的沙发上将就一晚，方便照顾林绥，但他没想到会在酒店的走廊上遇见鹿予。

鹿予戴着口罩，长发束成马尾，靠着走廊上的墙壁低头咳嗽，余光瞥见方易时才拉下口罩点了点头。鹿予原本就长得好看，因着生病，面容更是蒙上一层病弱的美感。

方易笑着打招呼，没敢多看。

倒是怀里的林绥，歪着头直盯着鹿予看。方易抬手遮了遮，林

你踩在我心上了

绥立马拨开他的手,从口袋里掏出房卡,冲鹿予一指。

"你。"林绥的语气很重,审问似的,"给我进来。"

方易腿下一软,暗自替明天酒醒后的林绥祈福。

鹿予脸上没什么表情,转头冲方易说了声"早点休息",就跟着林绥走进房间里。

林绥捏着房卡没放进总闸的卡槽里,但鹿予进门后顺手就关上了门,走廊的光线被阻隔在门外,房内顿时一片漆黑。

鹿予茫然地喊了一声:"林绥。"

林绥没说话。

鹿予不适应伸手不见五指的环境,有点着急地抬高音量:"林……"

话音戛然而止,等鹿予反应过来时,她已经被林绥推着压在房门上。

四周无光,只有窗边的月光漫溢进来,落在暗红色的地板上铺一地水波荡漾。

林绥抱着鹿予,将额头蹭在鹿予的肩膀上,呼吸声绵长又滚烫地落在鹿予的领口处。

鹿予垂在腿边的手指无意识地动了动,她脸上很红,胸口冒着一团热气,与林绥的呼吸声一块起起伏伏。

鹿予干巴巴地开口:"林绥。"

林绥没动,模糊不清地应了一声。

鹿予的肩膀一阵发麻，她刚往后靠了靠就听见林绥开口问她：
"你怎么过来了？"

鹿予缓了缓呼吸："现场连线那会儿，你好像生气了……"

林绥闷哼一声，过了会儿突然偏了偏头，将滚烫的嘴唇落在鹿予的脖颈处。

热气瞬间蒸腾上鹿予的脸，她张了张嘴，在心跳冲破胸腔之前，脖子被林绥张口一下咬住。

鹿予："……"

林绥像只巨型犬，露出小獠牙蹭了蹭她的脖子，之后又把脑袋歪在鹿予的肩膀上一言不发。

鹿予恼羞成怒地伸手推开他，摸到他手里的房卡插入卡槽中，房内骤然一亮。

林绥只是站着看她，目光直白又强烈。

"你为什么骗我？"

鹿予有些头疼，林绥身上的酒味很重证明这人现在不清醒，而且很难缠。

她也不知道林绥现在听不听得进去，直言道："烧本来是退了，后来才升的。"

"那现在？"

"已经退了。"

林绥显然不信直接往前凑，伸手压住鹿予的脖子，将自己的额

你踩在我心上了

头贴在鹿予的额头上。

林绥人工测了体温,过了会儿才皱着眉说:"好热。"

能不热吗,你浑身都烫成什么样了?鹿予暗自腹诽,往后退了一步才摸了摸额头:"那是你热。"

林绥又站着不说话了,垂着眼看地板。鹿予以为他还在生气,别别扭扭地凑近他。

"你怎么了?"

林绥抬起头,眼中一片迷茫,嘴上却认真道:"我想吃QQ糖。"

鹿予:"……"

鹿予:"没有QQ糖,能吃其他的吗?"

林绥愣了两秒,突然抬起手凶神恶煞地扮演小恶魔。

"那我就吃了你!"

鹿予面无表情。

林绥露出小尖牙,再接再厉:"嗷呜……"

鹿予:"……"

林绥是披着二十四岁外衣的三岁半小孩吧?

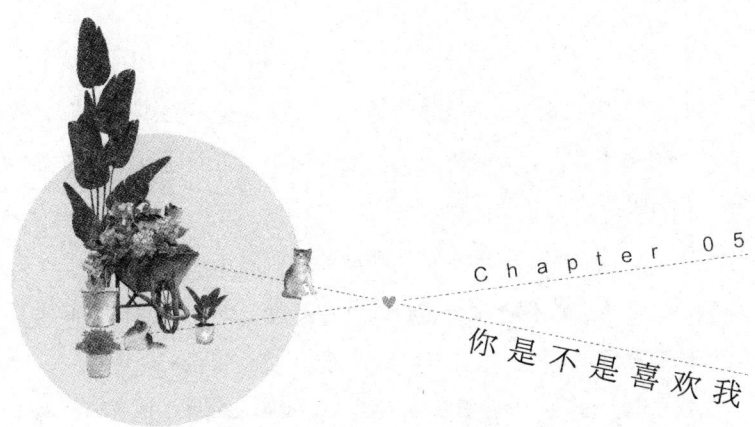

Chapter 05

你是不是喜欢我

01

林绥刚出道时凭着高颜值的"撕漫脸"好一阵火热,众人都说他是撕开漫画走出来的男人。林绥那会儿大学毕业不久,网络上流传着他在毕业典礼的晚会上,拉小提琴的视频。浑身都透露着干净直率少年感的林绥,瞬间吸引了一大批人。后来便有好几家娱乐公司向他伸出橄榄枝,其中包括星途公司。

林绥最终决定与星途签约,理由很简单,星途的福利好,公司大,品牌响亮。

你踩在我心上了

但是，大公司有一个显著的问题，资源分配不均。林绥上面有两三个影帝影后，身旁有一众二三线的明星，下面还有一群嗷嗷待哺的练习生。

所以林绥刚火了一阵子之后就渐渐销声匿迹，除了网络上评选高颜值的艺人时会被人拖出来讲评几句之外，很少能够在其他地方看见他的踪影。

娱乐圈向来现实，没有热度的艺人，公司也会逐渐减少关注度，林绥就这样不温不火地过了三年，但他的脸是活字招牌，依旧有层出不穷的"金主"找上他，他从头到尾都只有一句"滚"。

有人劝他，娱乐圈有娱乐圈的规则，顺者昌逆者亡，要活着就得去适应这个大环境。但是，林绥完全就是裂缝中求生，他不去破坏规则，也不会去顺应规则。

别人是抱着混不下去就得完蛋的想法，但林绥无所谓，他想演戏，想唱歌，如果不行，那他就回家当个小提琴老师，混吃等死。

他身上没有束缚自己的枷锁，所以活得比一般人都自由。

宇宙有多大，林绥的心就有多大。

所以方易以为，他这辈子都不会看到林绥低声下气哄人的模样。

林绥揉了揉头发，脸上还落着刚睡醒的痕迹，方易坐在沙发上跟他干瞪眼。远处的大床上突然传出窸窸窣窣的响动，林绥立马站起身，走到床边腿下一弯"砰"的一声，直接跪下了。

方易被对方一连串的动作震慑在原地，愣是半天没说话。

鹿予从被窝里探出头，刚一脸茫然地坐起身就看见林绥端端正正地跪在床边。

林绥搓了搓脸，红着脸道："我今年二十四岁，是家里的独生子，爸爸妈妈是小学教师，家庭和睦，没有家族遗传疾病，老家有三百多亩地，我手上有好几处房产，你可能看不上，但是……"他小心翼翼地抬起头，"我会努力赚钱，好好照顾你的。"

鹿予抬手束起长发，轻飘飘地看他一眼。

"你没事做吗，一大早表忠心？"

林绥一愣："我昨晚喝醉了，我、我们……"

"你昨晚吵着要吃糖，我说下楼给你买你又不要，转头把我压在大床上让我睡觉之后，你就抱着被子去沙发上躺着了。"

所以，他这一身腰酸背痛是因为从沙发上摔下来？

林绥耳尖一红，扒着床沿坐起身，支支吾吾不知道该说什么，最后落下一句"我一会儿过来"，就站起身拉着方易出去了。

鹿予抬手摸了摸脖子，愣了一会儿才下床洗漱。

林绥全程恭恭敬敬地把鹿予送回家，半点废话都不敢讲。他的心路历程从乘人之危到第三者插足再到虚惊一场，转换之间几乎花光了他所有的力气。

而方易一脸恨铁不成钢地看着他："你太差劲了。"

林绥红着脸没搭话，不好意思说自己"母胎单身"至今，简直是单身狗中的黄金 VIP。

你踩在我心上了

方易也没纠缠在这个话题上，推着林绥一块回公司参加会议。

02

星途最近出了一出丑闻，底下的练习生外出喝酒和街头混混打了一架。

他们怕请假更引起领导注意，便想着偷偷摸摸溜进练习室养几天伤，但不想隔天去公司时正好在大门口遇到张总。

"要不是知道是我们公司的艺人，我还以为是上门收保护费的！一个个挂彩挂得跟花孔雀似的。"

以上是张总原话。

张总向来嘴毒，林绥以前没少被骂，之后遇到鹿予……他就一路顺风顺水了。想到这里，林绥才记起，他忘记去看陈止了，再怎么说他也是蹭了对方的光。

公司召开会议，严厉禁止私自外出，后续又多提了几句注意事项。林绥百无聊赖地坐在后面，余光还瞥见江一言的背影。

江一言自从出事之后就被公司雪藏了一阵子，但因为他背后有人，公司没敢明目张胆地放任不管，偶尔给点小恩小惠，参加一些小节目。

江一言也是个暴脾气，直接摔门走了，还扬言要解约。林绥一直以为这么久没见到他，是他已经解约走人了，不料这会儿竟然在会议上遇见他，就是……这人怎么看着这么憔悴？

会议结束之后,林绥问起方易,方易才意有所指道:"没人撑腰了呗。"

林绥脚下一顿,危机感油然而生。

他和鹿予的关系原本就不似常人,他们因为合约羁绊在一块,像上司与下属,又像不同寻常的朋友,上前一步安稳无恙,退后一步就岌岌可危。

林绥之前有私心,鹿予愿意帮他,他也就厚着脸皮接下来,但现在这私心里又衍生出另一种私心。

林绥说不清那种感觉,但总觉得不愿意跟她大路朝天,各走一边。

方易要回休息室拿东西,林绥坐在公司大厅一旁的座椅上等他。

等了一会儿后,不见方易下来,林绥才起身去侧边的洗手间,但他走到门口才瞥见男洗手间挂着"维修中"的小牌子。

林绥顿了顿,刚转过身突然听到里面传出一声响,洗手间在维修,有声音传出很正常,但不正常的是随之而来的声音。

"黄益,真的是难为你了,人前一套,背后一套,表面上和我称兄道弟,帮我撑腰,背地里捅我一刀,给我戴绿帽,你可真行啊,你比我更适合当演员呢。"江一言咬牙切齿道,"你这么恶心,哪里还有脸来让我放过你,你不是聪明吗,那你怎么猜不到我手上的黑料是什么,不过也不用猜了,一会儿让媒体告诉你,你去跟你爸解释吧!"

林绥脚步一顿,江一言虽然没有明说,但林绥转念一想便明白

你踩在我心上了

过来,这是和"身后人"闹翻了。

江一言口中的"黄益"是一个富二代,看着人模狗样,其实就是个道貌岸然的伪君子,最喜欢在圈内玩两面人的游戏,林绥之前就略有耳闻,恶心得不行,但显然江一言这会儿才明白过来。

林绥这时候才想起来,江一言今年也就二十岁,刚踏入娱乐圈不久,完全是涉世未深的"新人"。

林绥不愿意和对方起冲突,刚停了一会儿便打算走人,但不想江一言下一秒直接挂了电话,走出门时正好看见他。

时间正好,尺寸拿捏得分毫不差,我一个抬脚,你一个眼神,完全就是战争爆发前的号角。

林绥张了张嘴刚想解释就被对方拽着衣领往洗手间门上一推,"哐当"一声,林绥的背脊瞬间一阵发麻。

江一言的眼眶因为怒气还泛着红,脸色苍白得很难看,林绥原本满上头的火气迎上他的眼睛后顿了顿,忍着没发出来。

林绥正想举手表示,自己不是故意的,江一言就抢先一步开口:"你就是故意的!"

林绥:"……"

"你现在是不是觉得很开心,看见我这么狼狈,心里都笑疯了吧?"江一言咬牙切齿地瞪着林绥,"我识人不清是我活该,但林绥你以为你能得意多久,你以为鹿予为你出头是因为喜欢你吗?你沾沾自喜,说不定她这会已经跟别人唾弃你了!他们有钱人不就爱玩这一套吗，鹿予能比黄益好多少，她也不过是玩弄别人感情的人渣！她……唔……"

林绥抓住对方的衣领手腕一转，直接反过来将江一言压在门上，大门磕在墙上发出一阵巨响。

林绥垂下眼，面无表情地抬起另一只手拍了拍江一言的脸："你脑袋不清醒我能理解，你被人背叛，被人欺骗，冲我发火我也能理解，但你不能把鹿予跟那个人渣并列在一块，那个人渣就算回炉重造八百回都不配跟鹿予相提并论。"

林绥的目光很冷，江一言喉间动了动，没说话。

林绥松开手，刚转了转手腕就听到外面的长廊传来一阵急促的脚步声，他侧头看过去正好看见一脸焦急的黄益。

黄益有点愣，推了推鼻梁上的眼镜，立马恢复一脸君子样："林绥，你怎么也在这儿？"

江一言在一旁顿时冷哼一声，林绥不咸不淡地扯了扯嘴角，胸腔里莫名压着一团火。

林绥转头看江一言："江一言，并不是每一个人都像他这样。"

江一言一愣，还没反应过来林绥转身就一拳砸向黄益，黄益后退了几步摔在长廊上，眼镜被打歪在一边，嘴角破皮冒着血珠。

黄益反应过来顿时撕破脸皮，破口大骂："林绥你疯了吗！你敢打我！"

林绥"啧"了一声，拎起对方的衣领就摔在墙上："黄益你是

你踩在我心上了

个垃圾就算了,你怎么还连累其他人了?"

黄益骂骂咧咧反抗,抬手用力冲林绥挥拳,林绥躲了一下,他就顺着力度摔在另一边,正撑着脸哀号。

啧,这也太弱了。

林绥喟叹一声,刚往黄益身边走了两步,余光却瞥见了什么,硬生生地停住脚,顺着长廊往前方望过去。

方易一脸目瞪口呆地愣在原地,身边站着蹙眉不语的鹿予。

方易吓破了胆,每往林绥身边走一步身子就平白无故抖三抖。鹿予不紧不慢地跟在他身后,神色如常,半点讶异的踪迹都没有。

林绥转头冲江一言打了个响指:"过来。"

江一言正深陷在"林绥动手打黄益"的惊讶里没回过神,下意识地走上前,再乖乖被林绥押着拉到鹿予面前。

林绥掐住江一言的后颈微微用力往前一压:"道歉。"

江一言眨了眨眼,迎上鹿予一头雾水的脸,片刻才闷声道:"对、对不起。"

林绥松开手乖乖站在一边,鹿予虽然不明所以,但也隐隐察觉到大概是对方说了什么,她皱眉想了想,片刻才叹出一口气。

方易在一旁冷不丁又抖了抖肩膀,他方才探头看了眼,对方是黄家的小公子,听说黄家最近正跟鹿家有合作,鹿予刚才的神情显然是认出了对方,如果她顾及家里的产业不插手的话,黄益估计能把林绥抽筋剥皮地整一顿。

方易闭了闭眼,正想开口求情就听到鹿予平淡的声音响起:"自保?"

林绥顿了顿:"没,我先动手。"

"为什么?"

"为民除害。"

鹿予扫了他一眼:"打残了?"

林绥乖乖回答:"就一拳,顶多嘴疼一会儿。"

"林绥。"

"嗯?"

"下不为例。"

"好。"

原本打算三跪九叩求情的方易:"……"

一旁持续呆滞的江一言:"……"

林绥没顾上管他们,连忙跟在鹿予身后往外走。

林绥一边回想方才自己的动作是不是太粗暴吓到鹿予了,一边偏头看鹿予的反应。

走出长廊之后是公司的大厅,大厅平时没什么人在,来来回回都是公司的工作人员,此刻角落里却集聚着一群人,一边装模作样地低头,一边将视线落在他们身上。

林绥想都没想,抬手就将头顶的帽子压在鹿予脑袋上。

鹿予拿指背顶了顶帽檐,侧头看林绥:"嗯?"

你踩在我心上了

林绥双手插在口袋里,一脸认真地冲外面抬了抬下巴:"太阳大。"

鹿予没反驳又往前走了两步才反应过来:"你跟着我干吗?"

林绥刚才完全是下意识的动作,这会儿也有点愣,但他刚停了一会儿,鹿予就善解人意地为他找好借口。

"你是担心刚才的事情?"鹿予捋了捋耳边被帽子压住的头发,斟酌道,"你先动手打人确实不对,无论是什么事情,能动嘴就别动手,这道理你又不是不知道……"

林绥站在旁边没说话,他们站在大门口,从室外漫进来的阳光从脚踝慢慢向上攀爬,落在鹿予的脸上,他只能看到她的半边侧脸和落着光点的睫羽。

鹿予眼球的颜色很浅,印象中好像更偏向茶褐色,在阳光下不知道会是什么样子。

林绥莫名其妙地想着,冷不防鹿予突然转过头,视线直接撞上他的目光。

林绥手指很细微地抽了一下,感觉脑袋有片刻的空白。

鹿予迎着日光,下意识地眯了眯眼继续道:"但是我这人有个毛病,我护短,而且特别护短,所以你就别操心了。"

林绥笑着凑近看她:"鹿予。"

林绥比鹿予高了差不多一个头,一大片阴影突然往前压过来让鹿予心里莫名地一跳,她连忙往后仰了仰脖子。

"怎么了?"

"你是不是……"林绥伸手抬了抬鹿予的帽檐,强硬地将自己的额头与对方的帽檐相碰,"你是不是喜欢我啊?"

鹿予愣了一会儿,下一秒突然抬手将林绥的脸一把推开,自顾自压着帽子往外走。

鹿予的力度有点大,甚至带点恼怒的意味。

林绥摸了摸脸,一脸茫然地看着对方的背影:"不喜欢就不喜欢啊,怎么还生气了……"

林绥耸耸肩往里走,长廊上已经没有黄益和江一言的影子,只有方易在一旁听电话,林绥走近时方易正好挂了电话。

方易一边摇着脑袋一边看林绥,表情十分微妙。

林绥问:"很麻烦?"

方易摇了摇头。

林绥继续猜:"张总让我上去?"

方易又摇了摇头。

林绥的耐心彻底告罄,抬手压住对方摇摆的脑袋:"说话。"

"黄益刚才接了个电话,一脸怒气冲冲地往后门走了,江一言也被他的经纪人带去楼上了,这会儿估计正上思想教育课。"方易顿了顿,"张总已经知道了,但他说不追究你的责任,因为他那边已经接到鹿总的电话了。"

"鹿总?"

不会是鹿铮吧?林绥脑袋刚冒出这个念头,方易就有所感知般

115

你踩在我心上了

郑重其事地点点头。

"是的,就是鹿铮,鹿影帝,鹿小姐的父亲。"

林绥:"……"

后来方易每一次想起这一段就感叹鹿予是现世菩萨,让林绥怎么着都得去一趟庙里为对方求神庇佑,点一盏长明灯供着。

林绥虽然不知道鹿予说了什么,但能够让黄益忍气吞声不计较,应该不仅仅是口头上的和解而已,但后来鹿予一直没提,他便没问,只是变本加厉地给对方送吃的。

然而,林绥的"讨好计划"刚实行没几天,就迎来了《醺光》的试镜。

03

潘导的朋友叫徐江,算是业界小有名气的青年导演,最擅长拍青春片,现下即将进行选角的戏也是一部校园青春剧。

林绥压力很大,他虽然脸长得嫩,但心智、年龄已经二十四岁了,而这部片子前期是高中生,生机勃勃,积极向上的青春故事。

所以林绥一早就准备好,实行戏里大口大口喝可乐,戏下红枣枸杞泡热水的策略。

潘导当时说男二号的角色是个精神病人,一部分是为了逗林绥,另一部分也是为了让林绥做好心理准备。

《醺光》这部戏的男二号,是个外表体贴温柔,内心阴暗偏执,默默爱慕女主的男生,算是一个天使与恶魔的结合体。这种角色很吸睛，但也非常考验演技。

　　林绥试戏时，能一眼被相中完全是因为他脸蛋符合，演技说不上多惊艳，但徐江最喜欢这种演技过得去又不算太厉害的演员。

　　"因为调教起来有成就感。"徐江笑着道。

　　林绥问："您就不怕调教不起来吗？"

　　徐江似笑非笑："怎么会呢？在我手上就没有调教不出来的人。"

　　林绥：方易，爷爷好害怕。

　　这部青春剧不算太长，但预计也要进组三四个月，而在进组之前林绥又再一次上了微博热搜。

　　罪魁祸首是林绥节目上的那把小提琴。

　　"你不是不会拉小提琴吗？"林绥问。

　　鹿予一脸无辜地点点头："我是不会。"

　　林绥的眼睛顿时瞪圆了，将脑袋凑近视频镜头："那他们怎么知道那把琴是你的？"

　　"因为那把琴是我姐姐鹿音送我的。"鹿予顿了顿，微微懊恼，"她专门让品牌公司在上面刻了我的名字。这件事知道的人不多，但她的微博之前发过照片，估计是不小心被人认出来了。"

　　名字雕刻的位置并不显眼，在侧板下方处，所以林绥一直没有看见，但网友作为列文·虎克的继承人，自然轻而易举就能发现。

　　事出突然，鹿予显然也是一脸茫然的模样，林绥虽然着急，但

你踩在我心上了

还是安慰了鹿予一番才挂了视频通话。

当时镜头拍出的名字明晃晃是鹿予的英文名,所以不存在"撞琴"的问题,媒体又正好借着之前"互关"的东风乱带节奏,一时之间三方粉丝都暴跳如雷。

为何是三方?因为廖琰的粉丝摔桌不干了。

在廖琰的粉丝心里,鹿予等于是廖琰的官配,将来民政局盖章、按手印的那种。

放浪不羁小歌星 VS 才华横溢作词家,这配置一看就是高级。

高级个锤子!

林绥看着底下吹嘘鹿予与廖琰绝美爱情,惨遭第三者倒贴的言论,气得眼前一片发白。他感觉自己就像是不受丈母娘家喜爱的小白菜,风吹雨打,颓败凋零,凄凄惨惨戚戚。

小白菜林绥正忙着用小号回怼网友,公司那边就已经定下决策。

林绥现在完全辩无可辩,公司给出的最稳妥的方法,就是让鹿予发文告知众人,她将小提琴外借给林绥上节目,明里暗里表示两人在私下是朋友,但那也就是变相地承认他们关系密切。

星途公司还是暗藏了私心,这种方式不仅能给网友一个说法,也能再将热度炒上几天。但林绥不想利用鹿予,而且他与鹿予的关系有点复杂,他怕万一牵扯出不好的影响,难以收场,所以他一直没吭声。

直到谭蓁蓁告诉他,这是鹿予自己提出的解决方法。

"老大左右也算是星途的少东家,事发时公司就马不停蹄地联系了她,询问她要怎么处理,言外之意就是问她要不要把自己完全择出去,但没想到老大提出了这个处理方法,别说是你了,我都吓了一大跳。"

林绥诚惶诚恐:"为什么啊?"

谭蓁蓁停了好一会儿没说话,最后才意味不明地道:"老大纯情着呢。"

林绥一头雾水,但因为鹿予的出面,事情总算告一段落,他终于能够安心进组拍戏。

林绥进组之前还专门去鹿予的工作室看望她,当时她正窝在地毯上吃巧克力,旁边一众人聚在一块商讨曲子,现场就像是在中间放了一块透明隔板,一边是工作区一边是休闲区,完全是两种风格。

而且鹿予坐着的毛绒地毯只有三米见方,落在作曲室的角落,分明是为了她单独空出来的位置。

林绥来时跟鹿予打过招呼,鹿予当时只回"知道了"三个字,所以他以为鹿予会事先隔开其他人,但没想到一拉开门,齐刷刷一群人望过来,耐人寻味的视线全方位狙击着他。

林绥干巴巴地打了招呼,众人也笑着停下来看了看他又转头看鹿予,最后嘻嘻哈哈地退出作曲室。

林绥把手中提着的甜点放在旁边的桌上,抬头问道:"你怎么

一 你踩在我心上了

没跟我说,这里有这么多人呢?"

"嗯?"鹿予低头拆包装盒,"为什么要说?"

"避嫌啊。"

鹿予目光坦荡,语气坚定:"为什么要避嫌?"

网友都开始为我们挑选良辰吉日和结婚进行曲了,你还问我为什么要避嫌?你的心会不会太大了点?林绥摸了摸鼻尖,但他也只敢在心里暗想,没敢说出口。

林绥在一旁的沙发坐下,支着脑袋看鹿予慢条斯理地吃小蛋糕。

鹿予吃甜点的速度很慢,食物入口之后会习惯性地抿抿嘴,如果喜欢就会微微眯起双眼,如果不喜欢就会皱眉转手开始吃其他的点心,但她属于哪怕吃到讨厌的东西,也会硬撑着往下咽的人,只不过不会再咬第二口。

这段时间里,林绥一直在暗中观察鹿予的口味,现下见对方全程下来都没怎么蹙眉不满,顿时成就感横生,它们酸酸麻麻地挤在胸口,让他有一种养了一只宠物的错觉。

林绥正暗自想着,冷不丁回过神时遇上鹿予望过来的目光,他心下一慌,视线辗转在四周。

林绥:"怎么了?"

"你怎么了?"鹿予抽了张纸巾,压压嘴角,"你刚发呆了,在想什么?"

林绥没办法实话实说,胡乱地把要提升自己演技的事做挡箭牌。

鹿予此刻才想起来，林绥不是科班出身，演技缺乏系统性的教学，应该要给他找个老师。

鹿予心里想着，嘴上便提了一句。

林绥心不在焉地点点头，过了会儿才故作镇定地问："廖琰说，你让他在节目上多照顾我？"

鹿予垂下头："嗯。"

作曲室里有一扇很大的窗户，窗帘被高高挽起，细微的秋风争先恐后地从半开的窗里闯进来。鹿予低着头，乌黑长发落在身后微微晃动，撩起时能看到通红的耳尖。

他这才提了一句廖琰，鹿予就害羞了。

林绥内心一阵天人交战，赌气般问："廖琰没来找你？你们感情不是很好吗？"

鹿予莫名其妙地扫了对方一眼："他最近很忙，没空过来找我。"

其实是没空过来烦我，但鹿予斟酌了下还是选择用相对礼貌的"找"字。

林绥胸腔里的一口气不上不下，在他看来，鹿予与廖琰的这段感情里，鹿予向来是弱势的一方，鹿予对廖琰全心全意，廖琰非但爱搭不理还到处拈花惹草。林绥越想越气，暗自脑补了一场，"我爱你，你却利用我"的剧情。

"鹿予！"

林绥骤然抬高音量。鹿予吓了一跳，一脸迷糊地"啊"了一声。

你踩在我心上了

林绥临到嘴边的话，霎时说不出口，气势全无地转移话题："我过几天进组了，是徐江导演的戏《醺光》。"

"嗯，我知道。"

"你怎么知道？"林绥困惑。

鹿予停顿了一会儿："不是你告诉我的吗？你之前说潘叔给你介绍了他朋友的一部戏。"

鹿予和潘导熟，猜到是谁也不足为奇。

林绥模棱两可道："我……我可能得进组好几个月。"

"嗯。"

鹿予点点头，林绥却没了下文，只是抬头看着她。

鹿予突然想起那天晚上，林绥醉酒后看她的眼神，湿漉漉的，像撒娇的大型犬。

鹿予笑了笑："那我，有空去探班。"

"啊……"林绥抬手捋了捋头发，佯装无所谓道，"也行，我虽然忙，但也可以抽时间见见你。"

04

林绥拉小提琴一事也上过热搜，虽然因为小提琴归属权的原因让这一热度降低了不少，但在粉丝里早已号破天际，短短两分钟的表演被反复剪辑、配乐、抠图制作成大手笔的演出。

林绥偶尔空闲下来会上自己的超话看看，最近新增了不少新粉，在首页询问如何为林绥打榜、带超话话题和怎样支持他，底下一众老粉宛如老母亲般勤勤恳恳地回复。

林绥越看越欣慰，往下滑时突然又看见上次发"双鹿CP真相是真"的粉丝，她新发布了一条长达三四页的"巨糖合集"。

林绥因着好奇心点开看了看，里面事无巨细地一一列举了林绥与鹿予之间的交集，最初的时间甚至定格在林绥刚踏入娱乐圈时的那部电影上。

林绥当时不过十一岁，脸蛋精致，眼睛带光，全身上下充斥着对演戏的热情，其中有一个电影花絮是林绥坐在小板凳上写作业，导演问他大学想考去哪里，他说想去北京，因为那边有吸引他的东西。

林绥清清楚楚地记得自己当时想的是，北京有北京烤鸭，他一直很想去吃，在文章中却变成了他为了鹿予去北京。因为鹿铮第一次带鹿予出现在媒体面前时，小鹿予就冷着小脸表示，自己要考首都的临安音乐学院。

一场偶然之下的巧合瞬间衍变成了青梅竹马、天生一对的戏码，而且作者显然是个"抠糖能手"，从陈年旧事里也能找出"糖点"自圆其说。

比如林绥出席活动喜欢穿白色西装，鹿予喜欢穿白色长裙，那就是情侣装。

林绥发布第一首摇滚歌曲时，鹿予正好给歌坛一哥高崇写了一首摇滚歌曲，那就是夫唱妇随。

你踩在我心上了

林绥兴高采烈地发微博称和朋友一块吃饭时,正好鹿予拿下了"圣言最佳作词人",那就是为爱普天同庆。

甚至连林绥从机场出来时戴的白色鸭舌帽,都能和鹿予最近衣服的品牌挂上钩……

林绥看得叹为观止,肃然起敬,他差点就相信情比金坚、心心相印的人是他和鹿予,而不是廖琰和鹿予。

最后结尾时,作者还狂喊一声:"人间自有真情在,'双鹿'是爱无意外!"

下面留言的粉丝列队般整齐划一地喊着这一口号,场面十分振奋人心,简直闻者落泪,听者动容。

林绥关掉手机搓了搓脸,大概是被粉丝们的气氛所感染,他突然心生悲哀,很想把廖琰拖出来打一顿。

但不等他付诸行动,《醺光》这部戏就急急忙忙地开拍了。

林绥大学毕业那年被星探挖掘,走上摇滚歌手的道路,其实他最初的想法是当一个演员,但奈何进圈后扮演的角色不是"傻白甜"就是"冷冻机",都是无脑狗血剧里的标配人物。渐渐地,他"林一糊""林花瓶"的称号就响遍全网,而摇滚歌手不过是借了出道时的摇滚风,等风声一过,他的优势就消失无痕。

所以无论是《云锦》,还是眼下的这一部戏,林绥都全心全意地去努力诠释好角色,力图打破"林一糊"的称号。于是,在片场里时常能看到林绥搬着小板凳，坐在戏外看别人演戏。

《醺光》这部戏的主角是一位童星出道的男艺人，平时十分低调安静，在剧组也不怎么说话，年龄比林绥还小两岁。

林绥不耻下问，抓住机会就问两句。好在对方虽然不喜欢说话，但脾气很好，而且对唱歌很感兴趣，但他的兴趣点有些奇怪，经常问林绥作词作曲方面的问题。林绥自己也写过歌，但无一例外都毫无亮点，他不能误人子弟只能打哈哈地糊弄过去。

直到有一天，鹿予来探班，林绥看见这小兔崽子眼睛"噌"的一下闪闪发光。林绥才知道，对方感兴趣的点压根儿就不是作词作曲，而是擅长作词作曲的鹿予。

林绥坐在树荫下，江一一在一旁帮他架起小风扇。秋风萧瑟，但中午时分还是热得吓人，更何况林绥刚拍完一场篮球赛的戏，在太阳底下晒得两眼发昏。

远处的鹿予正与小兔崽子坐在一块说话，那架势说不上熟稔但也礼貌得体，应该是认识的人。

林绥蹙眉靠在椅背上，抬手扯了扯额头上的发带，心里一阵说不出的烦躁。

"哥，你刚让我拍的照片！特别帅！青春阳光！英气逼人！"江一一痴迷地看着林绥，抬手把手机正对着林绥让他看照片。

照片确实拍得好，他穿着蓝白色校服高高跃起，日光从头顶倾斜而下，侧脸的轮廓模糊又亮眼，难得透露出少年的朝气与活力。

你踩在我心上了

  林绥看了看照片,又看了看远处的鹿予,半响才清咳一声。
  林绥说:"你把照片发给方易,让他用工作室的号发微博。"
  江一一开心得一蹦三米远,这可是她亲手拍的偶像!第一手资料!史无前例!
  江一一边低头傻笑边把照片发给了方易,林绥拿着手机等了一会儿,不到五分钟林绥的工作室就发了两张照片,配文说"阳光正好"。
  林绥立马转发了微博,并配文:"举报!有人偷拍。"
  江一一在一旁一脸迷茫,这是什么操作?
  "哥,你怎么不直接用自己的微博发?"
  那不就显得太刻意了吗!他的美貌不能只通过他自己来展示!
  林绥心里想着,嘴上却说:"工作室太久没营业了,我带'小室'营营业。"
  江一一眼里的一汪崇拜之情满得都快溢出来:"哥,你真好!"
  林绥谦虚地摆了摆手,站起身时正好看见徐江让工作人员喊男主角过去。林绥抬手揽住往前跑的工作人员,友善地表示自己愿意帮他去叫人。
  林绥走到鹿予身边直接拖了一旁的椅子坐下,往导演的位置抬了抬下巴,冲对面的人道:"导演喊你呢。"
  小兔崽子顿了顿,转头看鹿予:"鹿予,我……"
  "叫姐。"林绥一脸严肃,"人家大你一岁呢,喊鹿姐姐。"
  鹿予喝着水猝不及防被呛了一口。小兔崽子显然不想叫,支支吾吾半天说了句"一会儿见"，就走了。

林绥嗤笑一声："见什么见啊，还一会儿见，买门票了吗你？"

鹿予饶有兴趣地看着林绥，转瞬又被林绥拿走了手边的饮料。

"知道他是谁吗，你就喝他给的东西？"林绥把饮料放在角落，顿了顿又推远了一点。

鹿予笑了笑："他爸跟我爸是朋友，之前来我家吃过饭。"

林绥一愣，怎么这一抓一个星二代啊！就他自己是默默无名的小白菜吗？所有人混不下去就得回家继承亿万家产，就他回家继承三百亩地？

"那也不能喝，别动不动就喝这么多饮料。"林绥抬手喊江一一，"把我那红枣枸杞水拿过来。"

鹿予："……"

江一一连忙小跑着将保温杯送过来，还懂事地拿了两个一次性杯子，最后一脸悲痛地跑远了。

林绥拧开保温杯，郑重其事地给鹿予倒了一杯："你怎么突然过来了？"

鹿予握着杯子，指腹贴在温热的杯壁上，一点点被染红。

"不是你让我来的吗？"

林绥拿起杯子掩饰般喝了一口："我没有啊，我是问你想不想听小提琴曲，但我在组里呢，不方便过去，才问你要不要过来。"

鹿予笑着没说话，盯着他手上微微晃动的红色编织绳看了眼。

你踩在我心上了

林绥的手腕很细，指节修长又白皙，那抹红色便异常显眼，鹿予视线转了转，最后又转回绳上挂着的小麋鹿上。

林绥手腕晃了晃，小麋鹿形状的铅块便随之转了转。

"好看吧？"林绥伸手抓住鹿予的手，直接将手链扯过去套在她的手腕上，"你戴着比我好看。"

鹿予看着他没说话，林绥没注意到对方的视线，自顾自捏着鹿予的手指左右摆动——鹿予的手好小啊，手指看着纤细，但捏起来很软。

林绥手腕一转，下意识地往前握住对方的手心捏了捏，软绵绵的，一点都不像鹿予本人那么冷淡。

鹿予本人……

林绥指尖一僵，后知后觉地抬头看向鹿予，鹿予乖乖让他握着手，神色不明地直视他。

林绥脑内灵光一闪，手腕转了个角度，将四指塞进对方的虎口处一把握紧。

林绥："掰手腕吗？"

鹿予："……"

鹿予将手从林绥手心里抽出来，垂着头喝了一口水："你买的吗？"

林绥的手心里一片燥热，他故作镇定地将手心贴在裤子上用力搓了搓，恍惚道："嗯，那天跟方易出去买东西，刚好在小摊上看见了，就买了两条。"

鹿予的睫毛一颤,握着杯子的手指用力捏了捏,但面上仍旧若无其事地喝着水。

"两条?"

林绥的手心里一团火似的越烧越旺,左右手在底下掰着较劲:"对啊,因为……因为老板说买一送一!对,买一送一!太便宜了!我一激动就买了。"

林绥当时看见小麋鹿的第一眼就想起鹿予,等反应过来后他已经紧紧捏着两条一样的手链不放。方易以为他喜欢,直接掏钱帮他买了。

林绥原本只是戴着过瘾,但不想导演说好看,让他这么戴着拍也行,所以他才一直没拿下来,说起来,另一条还在他口袋里。

林绥为了证明真的是买一送一,连忙将口袋里的另一条手链掏出来给鹿予看。鹿予兴致缺缺地扫了两眼,正准备将自己手上的手链拆下来还给他。

林绥原本就藏着送给鹿予的小心思,现下便没忍住阻拦。

林绥抓了抓鹿予的手腕,很快便松开:"我送你吧,反正也不是什么值钱的东西。"

鹿予一愣:"送我?"

"对啊,反正也是店家送的。"

林绥漫不经心地喝着水,视线却小心翼翼地顺着杯沿望过去,

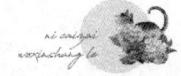

你踩在我心上了

见鹿予没有要继续拆手链的意思才松下一口气。

鹿予转着手上的手链没说话,估计是感觉新奇,一转再转。林绥只能有一搭没一搭地扯开话题,他的余光瞥见不远处喝着西瓜汁的工作人员,便又开始跟鹿予提起西瓜,说他小时候喜欢吃西瓜,硬是买了一堆西瓜苗在前院里种西瓜,但因为土壤原因一直种不起来,害他还难过了好一阵子。

林绥挠头笑了笑:"好像挺幼稚的。"

鹿予若有所思地摇了摇头:"听起来……好像很好玩。"

"你小时候没做过这种事吗?种水果、爬高树、下河之类的……"

"没有。"

"那你小时候干吗?"

鹿予一顿,认真地思考一番后才说:"旅游,练钢琴,上补习班。"

林绥眨了眨眼,闭上嘴低头继续喝水。

后面鹿予接了个电话,大概是工作室的事情要急着回去。林绥十八相送地将对方送出去,等看到谭蓁蓁等在外面的身影才停住脚。

鹿予往外走了两步,转过头时正好看到林绥站在原地一眨不眨地看着她。

林绥不明就里,抬手用力挥了挥,见对方上车后才返回,走到半路上时鬼使神差地掏出口袋里的另一条手链戴上。

他站在日光下,突然有那么一刻的不清醒。

如果鹿予没有和廖琰在一起……如果是他误会了……

"林绥!"

林绥的心跳一滞,转瞬又剧烈跳动起来,猛一抬头看见徐江时才暗自缓出一口气。徐江走近林绥,手上拿着卷成圆筒的剧本敲在林绥肩膀上。

"干吗呢,傻站着晒太阳,你缺钙啊?"

林绥脑袋一蒙,脱口而出:"我缺你。"

空气一滞。

徐江避如蛇蝎地往后退,一脸惊恐地连连摆手:"我、我结婚了啊!我不会给你加戏的,你死了这条心吧!"

"不是,"林绥揉了揉太阳穴,"我刚晒蒙了。"

徐江半信半疑,催促着他快点过去补拍刚才的几个镜头。

05

补拍镜头对于林绥来说比较简单,左右都是一个转身,一个站立,一个近景的眼神,所以耗费的时间不多。

林绥结束后的下一场是男女主角的对手戏,女主角蒋雨甜等在一边看剧本,余光瞥见林绥走近时突然冲他招了招手。

蒋雨甜坐在小凳子上,仰头好奇地看他:"你跟鹿予认识啊?"

林绥蹲下身,直视对方:"嗯,怎么了?"

"没什么,我就是好奇,我一直觉得她是徘徊在娱乐圈边缘的人,没想到你们会认识。"

你踩在我心上了

蒋雨甜笑了笑，过了会儿又怕林绥误会连忙解释道："我没有别的意思，就是觉得挺……神奇的。"

"确实挺神奇。"林绥声音带笑，直起身往后面看了看，"快到你了，过去准备吧。"

蒋雨甜点了点头，抱着怀里的外套就往那边走。

林绥呆站在原地，抬手晃了晃手腕上的手链，小麋鹿在日光下转了两个圈又稳稳停住。

林绥，你在想什么呢！

林绥闭了闭眼，抬手准备扯下那只妄想继续转的麋鹿，但他指尖刚搭在编织绳上就被身后的一股力道撞歪了肩膀。

林绥暗骂一声，刚直起身就看到三三两两的工作人员快速往他身边跑过去，其中一人正听着电话，着急地询问着什么。

林绥莫名其妙地转身离开，耳边却断断续续飘来几个字眼，里面还夹杂着鹿予的名字。

林绥眉间一跳，抬手拉住一人的手臂："怎么回事？"

对方正顾着往前跑，连忙道："今天有粉丝来探班，但工作人员忘记拉警戒线，刚有人看到鹿予被粉丝围堵在角落，轮值的保安这会儿又出去吃饭了……哎，哥，别过去啊！你去也是被围啊！"

林绥脑袋一热，没顾上听后面的话就往前跑。方易突然从前面蹿出来，一把抱住林绥："你干吗啊？"

林绥一着急，语气很冲："你没听见吗，鹿予被粉丝围了！"

"那你过去也没用啊!"方易死死抱住他,"保安已经过去了,一会儿就没事了,到时候给你鹿小姐打个电话问问……"

林绥挣脱不开,直接开骂:"方易你脑袋有毛病吗,万一鹿予出事了怎么办?"

"哥,"方易神色复杂地抬头,"你现在出去也会出事,你跟鹿小姐的绯闻已经够多了,万一被人抓住把柄……"

"那就抓住好了,"林绥捏住方易的手腕一转,"爱怎么写怎么写。"

方易哀号一声,刚蹲下身就被林绥甩在一边。

方易甩了甩手腕,气息不顺地掏出手机给江一一打电话:"一一啊,你快给你哥我拿点速效救心丸,我估摸着我这心跳有点快……"

粉丝来剧组探班是常事,林绥之前也出去见过几次,但他一般都是隔着警戒线跟他们打招呼,粉丝也会懂事地不走得太近,只远远地把带来的零食转交给工作人员,又叮嘱他拍戏注意身体之类的,苦口婆心的模样非常像他的母亲安冉,导致他每一次都会觉得这是一场"探监"活动。

但是,这还是林绥第一次看见一大群粉丝把艺人围困住。林绥匆匆扫了一圈,眼尖地看见人群中有人架着小型摄影机,上边贴着某个杂志社的标签。

这是有人趁乱混进来了。

林绥憋着一股火闯进包围圈里,立马有人反应过来惊呼一声,

你踩在我心上了

开始喊林绥的名字。四周的保安正在疏散人群,林绥很快便在人群中看到鹿予,鹿予垂着头靠在角落的墙上,谭蓁蓁和另一个人正挡在鹿予前面阻挡伸过来的镜头。

旁边有一个男生,偷空将手机从缝隙里塞进去直接凑到鹿予脸上,鹿予往一旁偏了偏,对方不依不饶地继续往前伸,嘴上正兴奋地喊着话:"鹿予!鹿予!你看一下镜头啊!"

人群拥挤,角落更是被挤压得密密麻麻,那男生伸长手,指尖不慎从鹿予脸上滑了过去。林绥的眼睛瞬间一冷,上前握住对方的手腕直接往下一压。

男生哀号一声,破口大骂,看清是林绥之后直接敞开嗓子喊:"明星打人了!林绥打人了!"

周围瞬间一阵闹哄哄,林绥不管不顾地挤到鹿予身边,捏着她的脸看了看。

"疼不疼?"

鹿予肤色白皙,那道红痕便异常明显,林绥感觉自己的太阳穴一阵跳,隐隐有发火的冲动。

鹿予的脑袋还有点蒙,半晌才蹭了蹭脸,摇摇头。林绥揽住鹿予的肩膀护着她从旁边离开,其间不断有人将镜头凑到他眼前,不停地嚷让他说几句。

林绥心里正一阵怒火,但他刚捏了捏手,鹿予就凑到他耳边小声提醒:"别动手。"

林绥顿了顿。

鹿予瞬间看破林绥的迟疑,有些着急地压低声音:"也别发火。"

林绥压着一口气,冲其中一个镜头彬彬有礼地笑了笑:

"你挡住爸爸的路了。"

06

方易在一旁急得团团转:"小祖宗啊,我之前不是说了吗,这种情况下千万别发脾气,不然黑你的通稿分分钟激起千层浪。你又不是不知道他们,他们就喜欢看你发脾气啊,那样才有话题可写!"

林绥坐在沙发上,视线投射到站在窗边的鹿予身上,狡辩道:"我没发脾气。"

"你都自称爸爸了!"

"那我也没发脾气。"林绥一脸认真,"我说我是爸爸,那我就是爸爸吗?我自称爸爸是闹着玩,他要对号入座叫我爸爸,我有什么办法?"

条理清晰、有理有据,方易一时哑然,无从反驳。

鹿予伸手敲着窗棂,不紧不慢地冲电话道:"嗯,友和杂志社?我不确定,我只匆匆扫了一眼,就看到摄像机上有个'和'字……你跟对方沟通一下把事情压下来吧,如果对方不同意……"

鹿予握着手机偏了偏头,终于追寻到那道落在自己身上的视线,林绥正目不转睛地看着她。

你踩在我心上了

鹿予原本想说"如果对方不同意那就算了"但不知道为何一对上林绥的视线,她就转口了:"我这边如果行不通,你就联系我爸吧。"

鹿予挂掉电话,走到林绥身边坐下。

谭蓁蓁在方才拥挤的人流中被扯了一下,衣角撕裂了一块,这会儿已经去更衣室换衣服了。周围的工作人员目不斜视地看着前方的空气,尽力让自己变成隐形人。

林绥和鹿予身边的气场太奇怪了,连方易都借口倒茶走到一旁的角落待着。

林绥的手肘撑在膝盖上,半俯着身子看鹿予:"我是不是……给你添麻烦了?"

"没有。"鹿予勾了勾嘴角,语气很轻,"谢谢你。"

林绥莫名气馁:"没什么好谢的,本来就是应该做的。"

"没有什么事情是应该做的,"鹿予突然在这件事上较劲,态度十分认真,"谢谢你过来找我。"

林绥揉了揉耳朵,换了一个话题。

"你怎么突然又回来了?落下东西了吗?"林绥问。

鹿予抿了抿唇:"你不是想吃西瓜吗?"

"啊?"

"你盯着别人看了很久。"

鹿予说得含糊其词,林绥却是瞬间反应过来,当时他提起自己小时候种西瓜经历时,视线确实是看着一位喝西瓜汁的工作人员。

林绥有点茫然:"所以,你是去给我买西瓜?"

"嗯。"鹿予语气一沉,"但是掉了。"

真要命啊。

林绥突然说不出话,他感觉眼眶都有点热,但也只是如坐针毡地往沙发里蹭了蹭,半天没有开口。

过了会儿,鹿予接了一个电话,说是已经联系当时在场的记者,将事情压了下来,但是人群中大部分都是粉丝,没办法将所有视频都删除干净。

鹿予道了谢才挂掉电话。林绥坐在旁边听了个大概,怕鹿予担心,直接抬手让方易过来。

林绥站起身拍了拍方易的肩膀:"没事,剩下的方易会处理的!"

方易肩膀歪了歪,立马接上:"对对对,当时在场的人当中也有林绥的粉丝,如果爆出什么不好的影响,到时候联系后援会让当时在场的粉丝出来澄清一下就行了。"

鹿予点了点头,余光瞥见谭蓁蓁从门口进来才看向林绥:"我有事得先回一趟家里。"

林绥下意识地道:"鹿先生会骂你吗?"

鹿予一愣,模棱两可道:"大概吧。"

林绥皱了皱眉:"他要是骂你,你把我供出来吧,我打不还手,骂不还口。"

方易小声反驳:"你刚还自称爸爸。"

你踩在我心上了

　　林绥心里一急:"我哪敢啊,他才是我爸爸!"
　　话音刚落,四周一片寂然。
　　林绥后知后觉地反应过来,这句话好像不太对劲,但鹿予已经笑着转过身,同谭蓁蓁一块离开了。
　　方易悄悄冲林绥竖起大拇指:"你真棒!当场认爸!臣佩服。"
　　林绥:"……"

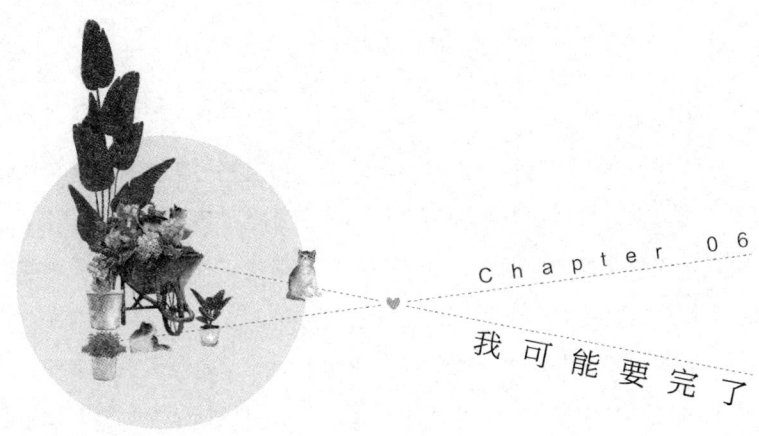

Chapter 06

我可能要完了

01

　　林绥进组已经有一段时间，上次拍《云锦》因为是男四号，戏份不多，所以空闲偷师的时间比较长，但这一次不比上次，他必须得打起十二分的精神来应对，所幸效果不错，NG 的次数都少了，连方易都说他渐入佳境，越来越好。

　　林绥最近依旧在忙着研究角色，剧本进行到大学部分时有一场男二号爆发的剧情，徐江为此还找林绥聊了一晚上。徐江在拍戏上有自己的洁癖，对于他看重的场景要求会非常严格，通常不 NG 五六

你踩在我心上了

遍是不可能过的。

林绥原本就不是科班出身，演戏全凭自己平时悟出来的经验去演，所以在这种情况下瞬间压力倍增，他开始没日没夜地啃剧本，窝在房间里与墙演对手戏，偶尔方易和他讨论工作上的事情，他还会突然开始说台词。

方易："一个是真人秀的综艺节目，另一个是新歌曲的发布，你看……"

林绥看着他："你看就好了。"

方易："还是你决定吧，一会儿我接了，你又不喜欢……"

林绥："我什么时候不喜欢了？"

林绥深情款款："你说的我都听，但喜欢你这件事，你说的不算。"

方易如遭雷劈，慌里慌张地磕巴了一下，转瞬才明白过来林绥在说台词，顿时恼羞成怒地掏出手机。

"好啊！我说的你都听，我现在就给你接那个早晨五点上山砍柴的综艺！我累不死你！"

林绥丝毫不服软："行啊，我累死也不会放过你。"

方易收起手机嘲讽："你也就敢在我面前横了，要是鹿小姐在这里，你铁定又是乖巧的三好学生。"

林绥笑着没说话。

距离他上次和鹿予见面已经过去一个多星期，其间网络上确实有网友爆料，甩出当天"粉丝围堵"的事情，而且不怀好意地只截了林绥挤开粉丝的画面。

但不等方易这边有所行动,就已经有网友自发出来澄清,发出当时一整段的视频记录,话题从"林绥推粉丝"到探讨"粉丝与偶像的距离"再到"鹿予与林绥的情侣手链",可谓是一波三折。

林绥当时顾着着急,忘记手链的事情,这会儿被拍到也只能默不作声,一样的款式,一样的颜色,说是朋友之间互赠礼物也说不过去,除非说他们是"姐妹情深",不然无论说什么都是狡辩。

全网集体吃瓜,开始建楼探究林绥和鹿予的关系,但反观"双鹿CP"的帖子里,CP粉都异常冷静,评论到处都隐藏着"爱是克制"的气氛。

"有什么好大惊小怪,我们早就知道他们在一起了。"

"什么情侣手链,多正常,改天甩出结婚照再通知我。"

"份子钱我已经准备好了,就说是哪一天吧,反正我都有空。"

林绥一头黑线,全世界都知道他和鹿予在一起,就他自己不知道?

后来这件事便不了了之,只是众人仿佛都开始认定他们之间关系不纯,甚至已经猜想他们是不是私底下早已见家长领证。

但林绥没时间再关注事情进展,他正顾着一头栽进戏里扮演"双面人"男二。

因为方易恐吓林绥,要是林绥下次再拉他演戏,他就在林绥的饮料里放泻药,所以林绥只能另寻他人,在片场里凡是能搭上话的,

你踩在我心上了

都体验过林绥的语出惊人和精神折磨。

但万人唾弃也丝毫不减林绥的热情,直到——鹿予提着夜宵来看他。

林绥本着逗对方玩的心态,决定投入十二分的演技,要好好演一场,所以当他在房间门口看到鹿予时,想都不想就把人家压在房内的墙上。

鹿予推他没推动,突然凑近林绥的脖颈处闻了闻:"你喝酒了?"

林绥脑袋一热,抬手捏了捏鹿予的耳垂,声音喑哑又期待:"你喜欢我吗?"

鹿予浑身一僵,片刻抬手摸了摸林绥的额头:"没发烧啊,你怎么了?"

林绥置若罔闻,得寸进尺地将唇印在她耳边磨蹭:"你喜欢我好不好,你别喜欢别人。"

明明是演戏,林绥却感觉浑身都在发烫发热,连指尖都颤抖着落在鹿予唇边。他突然发现,他内心里有一个小东西,正在越来越剧烈地挣扎。

"你喜欢我好不好,你就喜欢我一点点,一点点就可以了……这个世界上只有我会全心全意喜欢你,你不要喜欢别人,他们都没我爱你。"

鹿予心下一慌:"林绥,你别闹了……"

"我没闹,你别推开我,你推开我,我也会抓到你。"林绥的声音往下压了压,将杂乱的语言拼凑成卑微的渴求,"抓着你,跟着你,看着你,你如果要走,我就把你藏起来,我每天都会跟你说话,你说什么我都听,我这么喜欢你,你也喜欢我好不好……"

林绥的声音轻得像诱哄,一点一点地压迫鹿予的防线,燥热氤氲一室,耳边越加粗重的呼吸声像一场突破意识的拉锯战,暧昧连同血液一块沸腾。

林绥的手指划过鹿予的脸,鬼使神差地歪着脑袋去亲鹿予,呼吸交错,朦胧不清,但还未相触,房间门就被由外往内地推开。

"林绥,别看剧本了,过来拍一个……"方易站在门口一脸目瞪口呆,声音不自觉地越来越低,最后硬生生停住了。

林绥如梦初醒,连忙放开鹿予,过了会儿又小心翼翼地望过去。鹿予垂着头,眼泪顺着下巴滴滴答答落在地板上,眼睛一片血红。

林绥顾不上管方易,手忙脚乱地安慰:"我、我刚演戏呢,你别哭啊,是不是吓到你了?对不起,对不起,我再也不敢了……"

鹿予摸了把脸,没吭声。

"鹿予……"林绥拿手背碰了碰她的脸,"我错了,你打我好不好,你别哭了……"

鹿予抬头看了他一眼,最后一言不发地转身走出房间。

方易张了张嘴,尴尬地挠挠头:"那个……"

"哥。"林绥突然开口。

方易被这一声"哥"吓得灵魂一颤:"怎、怎么了?"

你踩在我心上了

林绥闷闷不乐地蹲在地上,蹙眉想了想,最后耷拉着脑袋,心如死灰。

"我可能要完了。"

02

鹿予上周没有联系我。

鹿予昨天没有联系我。

鹿予今天也没有联系我。

林绥坐在沙发上盯着手机上的日历数了数,一共是七天,鹿予已经七天没有联系他了。

江一一在一旁心惊胆战地看着,等方易一进化妆间就迫不及待地拉住对方。

"方哥,我男神怎么了?被欺负了吗?"江一一的问题一股脑儿地砸出来。

方易余光瞥了瞥,林绥这会儿正皱着眉狂按手机屏幕,一旁收拾化妆台的老师也默不作声地冲他比画了几下,无声询问:他是不是失恋了啊?

方易耸耸肩,摊手表示他也不知道。

江一一读懂了对方的唇语,在一旁惊叫出声:"失恋?"

方易一把捂住她的嘴,见林绥没抬头才压着声音道:"江二,你是不是傻!你喊那么大声是怕林绥不打你是吧!"

"我就是太惊讶了,我男神什么时候谈恋爱了?而且这会儿还失恋啊?不会廖琰……"

"嗯?关廖琰什么事啊?"

江一一连忙缩了缩脖子:"没,我说错了,说错了……等会儿,江二是谁?我怎么就二了!"

"你不二谁二?"方易莞尔一笑,"一加一不就等于二吗!"

江一一:我委屈,我不说。

"方易。"林绥没抬头喊了一声。

方易连忙凑上前:"我在!"

"今天还录音吗?"林绥低着头,拇指在手机屏幕上往上划了划。

方易一顿:"嗯……不着急,晚上再录,一会儿先去拍几张照片。"

林绥今天状态不佳,一脸垂头丧气,硬生生把一首欢快的歌曲唱出撕心裂肺的哀痛,现场的工作人员都惊得下巴脱落,一脸茫然地看向方易。

方易干巴巴地笑了两声,只能表达自家小祖宗今天心情不好,晚点再录。

林绥没精打采地应了一声:"哦。"

方易视线下移,刚好看到林绥按在搜索栏处准备打字,下面显现出一列列的历史记录。

"非礼了金主怎么办?"

"金主不理我怎么办?"

你踩在我心上了

"什么是'小三'?"

"怎样求得别人的原谅?"

……

方易:"……"

林绥突然长叹一口气,收起手机问:"你查得怎么样了?"

方易一下惊醒,连忙道:"鹿小姐这阵子都在工作室与家里两头跑,一直在处理工作上的事情,既没有提出解约也没有联系公司,非常平静。"

说了等于没说。林绥不大满意地皱眉:"详细一点。"

方易想了想:"周二那天和谭蓁蓁一块出去吃过饭。"

吃饭……

林绥歪着脑袋思索:"还有呢?"

没有了!都说很平静了,就没有异常的事啊!

但林绥现在阴晴不定,方易不敢乱说话,怕林绥一恼怒,什么通告都不管,所以他只能硬着头皮往下说:"还有……点了狮子头、酱鸭、糖醋咕噜肉、八宝冬瓜盅、虾……"

林绥一急:"我让你说事情,你报什么菜名啊!"

方易委屈巴巴:"可是真的没什么事情啊,鹿小姐就出去了那一次,其余时间都在家里或者工作室里面……"

"哦。"

林绥心里难受,原来鹿予压根儿都不在意,亏他这一个星期都在提心吊胆地活着,生怕鹿予一个短信或是电话就击碎他颤颤巍巍的小心脏。

林绥左手握拳凑到嘴边清咳一声:"那、那她还点什么了?"

方易:"……"

没想到他方易一世英名,最终沦为报菜名。

林绥下午拍完照片之后状态终于好起来了,录音师便趁热打铁让他把新歌曲录了,最后忙到晚上十点才收工。

明天没有林绥的戏份,徐江便让林绥多休息一天,等后天回来继续拍戏。

林绥回了一趟家里,点了一桌子外卖。方易晚上过来给林绥送东西时才发现,这小祖宗把他下午念的菜都点上了,不仅细嚼慢咽地在一旁品尝,还拿了本子在一旁做笔记。

林绥疯了,而且很严重。

方易斟酌着询问他,要不要去鹿予的工作室看看。

"我刚才在路上遇到张瑾逸,他让我转告你,谭蓁蓁说鹿小姐这阵子吃得好,睡得好,半点事都没有,完全是好好努力,用心工作的状态,就是……"

林绥耳朵一动:"就是什么?"

方易斟酌着措辞,小声道:"最近好像有挺多艺人都往鹿小姐的工作室跑,其实说艺人,更准确一点,都是演员,而且都是圈内

你踩在我心上了

演技颇受好评的演员……"

　　林绥忍不住打断:"男的女的?"

　　方易迟疑着点头:"男的……"

　　林绥眨了眨眼。

　　男的……

　　男的?

　　男的!

《我的金主和我的死对头不得不说的二三事》

备忘三:

我好像喜欢上我的金主了。

我初恋了!

我金主的男朋友是我的死对头。

我失恋了……

我的金主不要我。

我安息了。

03

　　正值秋季,城市里的银杏树灿若朝阳,轻风一过落一地金黄,《醺光》拍了两个多月,剧组里的人比之前都熟悉不少,林绥虽然在网上被喷成黑乌鸦,但在剧组里的人缘向来不错,特别是徐江,不知道哪条神经搭错了，满心满眼都觉得林绥是可塑之才，隔三岔五就给他补补课。

林绥受宠若惊，一边认真地听着，一边记笔记。

最近几天他没活跃在网络上，关于他的话题总算销声匿迹了一阵子，倒是廖琰频频被人拍到与高崇在一块。

媒体的标题晦涩不明地标着"兄弟情深"。

林绥想着鹿予，所以专门绕了山路十八弯找人打听廖琰最近在干吗。

后来才知道廖琰最近又要和高崇合作，每天都被高崇押着上声乐课。廖琰爱玩，之前逃了一回找朋友出去开聚会，但不过几小时又被高崇抓了回去，押着练习。

林绥一阵别扭，总觉得有点奇怪，最后他把原因归咎于廖琰太浪荡，一颗心都要掰碎了挥洒人间。

林绥越发苦恼，他喜欢的人所喜欢的人并非良人，他应该怎么做呢？

况且看鹿予之前的态度分明是了解廖琰的为人，却视而不见，在那段感情里完全是飞蛾扑火，一意孤行。

林绥还打听到，最近往鹿予工作室跑的艺人减少了，最终归于平静，一个艺人都不留。林绥隐隐觉得开心，但又不知道找什么理由去见对方。

直到，公司给他接了一个真人秀的综艺节目。

你踩在我心上了

林绥是第一次参加户外录制节目,而且录制时间比一般节目长,起码得花一天一夜,节目的名字叫"我和我的好朋友"。

这个节目已经拍了好几期,收视率不断上升,还上过好几次热搜,算是现下比较热门的综艺节目。原本这个名额并不属于林绥,节目组邀约的是星途公司的一位流量歌手,但因为和对方档期撞了,公司才和节目组协商把人选换成林绥。

林绥虽然黑粉多,但"引热能力"是有目共睹,节目组考虑了一下,确定那位流量歌手不能参与录制后,才忍痛答应让林绥上节目。

林绥冷哼一声:"那我也忍痛拒绝。"

方易完全不搭理他的小孩脾气,叮嘱他最近几天就得找一位朋友参加。

林绥:"一定要圈内的吗?"

方易点头。

林绥坦诚道:"可我没有好朋友啊,张瑾逸那小子又没空。"

方易勇气一来,小声道:"鹿小姐……"但他刚开个头就自觉闭嘴了。

众所周知,鹿予不参加综艺节目,之前有记者在活动上借机询问她有没有喜欢的节目、会不会参加节目录制。

鹿予一脸漠然:"没有,不会。"

之后几乎众人都知道,鹿才女不仅不喜欢接受采访也不喜欢参加节目,完全是高山上的一朵雪莲花,只可远观。

但林绥心里却突然出现一只小爪子,轻柔地挠了挠他的心口。他想借着这个机会见见鹿予,哪怕被拒绝也没关系,他只是想见见她。

晚上,林绥收工回酒店。

酒店房间的窗户开着,林绥住在二十四楼,站在窗边能够看到底下车水马龙的街道、光亮闪烁的霓虹灯。林绥坐在飘窗上,先翻了一遍鹿予的朋友圈,又翻了一遍她的微博,但都无从找到话题,最后盯着聊天框发呆了一会儿,才哆哆嗦嗦地打下两个字。

林绥:在吗?

林绥刚按下发送,就把手机一扔,转头猛地把脑袋钻进被子里,在黑夜中警惕地竖起双耳。

过了会儿,没有反应。

再过了会儿,也没有反应。

鹿予在忙吗?这会儿都十一点了,她该不会还在工作室里吧?应该不会?鹿予不熬夜。那她怎么没回信息?她不想回吗?因为信息还是因为发信息的人是他?

林绥脑内一阵跳脱,胡思乱想了一阵,最后终于在寂静中听到"叮"的一声。

他伸长手指解锁,看到聊天框里有一条新的信息。

鹿予:?

林绥瞬间热泪盈眶。

你踩在我心上了

……

林绥端端正正地坐在飘窗上给鹿予打去电话，浑身紧绷地握着手机，听到鹿予声音的那一刻突然觉得心里又酸又软，像是有一块凹陷的软肋被轻轻压了一下。

鹿予没说话，林绥也没说话，林绥通过听筒只能听见她缓慢的呼吸声。

林绥想问的问题太多，密密麻麻地挤满他的脑袋，他想问鹿予为什么这几天都不理他，是不是在生气？为什么会有这么多的艺人往她的工作室跑，是工作吗？还是因为她也欠了别人的人情，也要伸出援手同别的艺人签合约。

但林绥最想问的是，她为什么会哭。

林绥舔了舔干涩的嘴唇，所有的疑问到最后都落成一句，对不起。

"对不起，鹿予。"

鹿予停了好一会儿，才说："就这样？"

"啊？"林绥一时没反应过来，鹿予的意思是他得跪下吗？跪哪儿啊？跪了她也看不见啊，难道开视频？

林绥的脑袋快速运转，过了会儿才听到鹿予的笑声。

"我是说，你这一个多星期没联系我，敢情都是在酝酿着道歉？"

林绥不置可否。

鹿予的语气听起来很轻松，像是早已把那件事抛之脑后，甚至体贴地为他解脱。

"我知道你那天是演戏，我就是被吓了一跳。"鹿予顿了顿，"我说过吧，我泪腺发达，不经吓，有时候我自己都没反应过来，就泪流满面了，你不用在意。"

我怎么能不在意，全世界只有我自己知道我那天压根儿就不是演戏，我是真的想亲你！

林绥突然浑身力气被抽离一空，明明鹿予已经表示不在意，可为什么他心里更烦躁了。

鹿予等了片刻见他没说话，又问："还有其他事情吗？"

林绥有气无力地把真人秀的事情说了。果不其然，鹿予愣了一会儿就拿"我再考虑看看，之后答复你"来搪塞他。

一般这种答案就已经算是婉拒了，林绥识相地没有再问，最后闷声闷气地让她早点睡就挂了电话。

林绥躺在床上，左翻右翻就是无法入眠，最后忍无可忍地一把坐起身，跑到冰箱拿了一瓶啤酒。冰凉的瓶身贴在他手心里，让他很快又清醒过来，想到明天得拍戏，只能忍痛放回去，最后拿了整个冰箱里除了啤酒之外的唯一一根干净的胡萝卜。

林绥"咔嚓"一声咬了一口胡萝卜，摸出手机给张瑾逸打电话。

张瑾逸过了好一会儿才接电话。

"你如果没有事，纯属骚扰我，我就打死你！"张瑾逸恶狠狠地抬高音量喊了一声，"我今天忙了一天，这会儿刚躺下准备睡，你怎么忍心！"

你踩在我心上了

林绥点开扬声器,生无可恋地又咬了一口胡萝卜,嘎嘣嘎嘣的声响异常大。

"孙儿,爷爷失恋了。"

张瑾逸猛地从床上跃起,连林绥喊他孙儿都不在意了:"失什么?"

林绥肯定道:"失恋。"

张瑾逸一愣:"我以为你这钢铁般的性格,这辈子失身都不会失恋。快快快,我清醒了,怎么一回事啊?"

林绥长叹一声:"我喜欢的人,有喜欢的人。"

"他们在一起了吗?"

"嗯。"

张瑾逸揉了揉脸:"不是,那人比你还好看吗?你这张脸竟然没有发挥出它唯一的作用?"

林绥立马否认:"当然没有!"

失恋是一回事,比脸是另一回事。

"我好好奇啊,是谁啊?"

林绥不说话了,专心啃胡萝卜。

张瑾逸听了一会儿:"你在吃什么?嘎嘣嘎嘣的。"

"胡萝卜。"

"你也太敬业了,失恋还顾着减肥呢。"

林绥隔空翻了个白眼,没有余力解释,只问现在应该怎么办。

张瑾逸平时鬼点子一大堆，这会儿却答不上来。

"兄弟，你想当'小三'？"

林绥嗤笑一声："什么'小三'，我要当正宫……算了，我自个儿琢磨，你滚去睡觉吧。"

张瑾逸还没反应过来，林绥就果断地把电话挂了，他内心的一腔八卦之魂刚飘起就被一棍子打翻下来。

张瑾逸心里痒成一片，林绥竟然失恋了！林绥竟然会失恋！这爆炸性新闻。

张瑾逸按捺不住，一脸兴奋地打开手机拨通了电话。

"蓁蓁！林绥失恋了！"

04

鹿予坐在架子鼓的高椅上，一边拿鼓槌敲鼓一边看手上的谱子，但落在谱子上的视线一次比一次长，最后干脆将视线完全黏在上面，但右手还在无意识地敲着鼓。

谭蓁蓁进来时就看见这一场面，不知道的人以为鹿予在认真工作，但她知道这是鹿予发呆时的状况，越认真越可疑。

谭蓁蓁踩着高跟鞋踢踢踏踏地走到鹿予面前，一脸不可置信："老大，你认真的吗？"

"嗯？"鹿予抬起头，眼中一片茫然。

"节目！你昨晚跟我说，你要上节目……是我认为的那个节目？

你踩在我心上了

不是吧？你不是不上节目的吗！你是不是受什么打击了？你有事怎么不跟我说啊？"

"我没事。"鹿予转着手上的鼓槌，如实道，"是林绥邀请我参加节目。"

谭蓁蓁一愣，半天没回过神："这句话的重点是，林绥？"

鹿予的拇指蹭着谱子，没应答。

谭蓁蓁昨晚刚听完一个爆炸性新闻，今天好像又接收到了什么不得了的事情。

"不是，林绥邀请你又怎么样，你不是说娱乐圈就是一潭烂泥，你绝对不会深陷淤泥，绝对不会参加节目吗？"

鹿予垂眼没说话，过了很久之后她才抬起头，近乎有一种盲目的天真。

"我不陷淤泥，可他深陷淤泥。"

四周瞬间寂静，谭蓁蓁张了张嘴，半天没说出话。鹿予这句话的意思已经再明显不过了，可谭蓁蓁昨晚刚听说林绥失恋了，还扬言要当正宫。张瑾逸说，林绥喜欢的人有男朋友，那明显对方就不是她家老大啊。

谭蓁蓁一阵悔恨，她就应该在鹿予看林绥拉小提琴那段视频时，抬手一掌把电脑拍碎了，省得现在让事情发酵成这样。

谭蓁蓁虽然把林绥当恩公，但鹿予在她心里的地位至高无上，无可替代，她真心不希望鹿予受到伤害。媒体都说鹿予高高在上，甚至评价她清高,但谭蓁蓁知道鹿予完全就是一只想法单纯的小白兔。

谭蓁蓁犹豫再三,最后还是把林绥失恋的那件事说了。

"老大,你可别太傻被骗了。"

鹿予敲打鼓面的手指一顿,片刻之后才笑着抬起头:

"没关系,反正是我自己擅自决定喜欢他。"

鹿予答应上节目。

林绥听到这个消息的时候,整个后脑勺都一片发麻。他原本不过当它是接通鹿予的一条线,从来没有想过鹿予会答应他。

林绥脱口而出,多问了一句:"鹿予是准备之后都上节目找创作灵感吗?"

谭蓁蓁的态度十分冷淡:"她会需要节目找灵感?她就是'灵感本体'。"

林绥:"……"

林绥觉得谭蓁蓁的态度不太对劲,但他实在想不出他最近有得罪她的地方,只当她是心情不好。

挂了电话之后,林绥才想起来,为什么是谭蓁蓁给他打电话,鹿予呢?鹿予为什么不自己给他打电话?

但这些问题丝毫没有降低他的兴奋值,无论鹿予是何原因,只要她上节目,那他会有更多的时间跟她接触!

人生真是美妙。

你踩在我心上了

但不过一瞬,他的兴奋就被一捧冷水浇灭了。

方易翻着手上的资料说:"节目录制之前,纸片方对于参加录制的嘉宾人员名单是完全保密的,只有模模糊糊的剪影照片做宣传,但我刚才去打听了一下,剩下的两组嘉宾,一组是影帝禾瑞和演员蒋雨甜,另一组是廖琰和高崇。"

方易顿了顿,收拾资料往外走。林绥一脸怒气冲冲地跟在他身后追问:"不是,廖琰怎么这么阴魂不散啊!他是不是喜欢我啊!"

"嗯?重点是这个吗?"方易拍了拍手,一脸你太天真的表情,"这次哪里是录节目啊,完全就是修罗场。"

蒋雨甜是《醺光》女主的扮演者,之前就有人炒她和林绥的CP热度,而禾瑞,他的偶像是鹿铮,之前拿影帝的时候鹿铮还专门录制视频祝贺过他。

但他的回应就比较有趣了,不仅感谢了前辈鹿铮,连他的女儿鹿予都一块夸了。后来有记者采访他,问他是不是认识鹿予,他模棱两可地表示自己很欣赏她,这一回答又让记者捕风捉影了好几天。

而廖琰,鹿予的绯闻男友,林绥的情敌兼死对头。

高崇,林绥喜欢的歌神,海报曾经被林绥贴在床头,作为勉励自己勇闯歌唱事业的兴奋剂。

无论哪一个拖出来都跟林绥有关系。

无论哪一个拖出来都比林绥咖位大。

方易一边担心,一边暗自决定要事先准备好,怎么处理节目播出后的黑料，毕竟林绥一出手，黑粉满网走。

相对于方易的担忧，《我和我的好朋友》节目组的众导演内心里可谓是百花齐放，乐不可支。

鹿予的综艺首秀，竟然从天而降砸他们脑袋上了，他们不仅兴奋地蹦起，连带着对林绥的态度都和蔼可亲，宛如亲人。

节目录制那天是周三，天刚灰蒙蒙亮起，林绥就精神焕发地坐在床上思考，应该怎么面对鹿予。

但有一点他能确定，鹿予现在有男朋友，他不能当第三者干扰他们的感情。

虽然廖琰不是好人，但他得做好人。

05

林绥到达录制现场后，把这一中心思想告诉了方易。

方易愣了一会儿，没忍住笑："真没想到你会这么乖，我以为你得上手抢。"

林绥斜他一眼："我又不是土匪，我从小到大拿过的三好学生都能排排坐了，我怎么能干那么粗鲁的事情？"

方易笑而不答，低头翻手机上的备忘。他一直都有记行程的习惯，但并不是因为他记性有多差，主要是林绥记性不好还喜欢乱安排，在他提出下一个安排时，时不时地冒出头质疑几句，他记备忘是为了堵住小祖宗的口。

你踩在我心上了

"一会儿得先去棚里拍宣传照,服装就在这休息室的隔间里,上午十一点开始录制,坐上车之后录制便开始了,你记得谨言慎行啊。"

林绥胡乱点着头,过了会儿问:"那……鹿予呢?"

"宣传照是一块拍的,但录制开始后,她得先行去小房子里,你到达之后通过问题回答环节,就能见到她了……等会儿,你别告诉我,你忘记看它前几期的节目了。"

方易收起手机,难得硬气了一回:"都说人谈恋爱的时候,智商为零,你怎么连记性都为零了。"

"我倒是想……"

方易看着他。

林绥移开视线,小声反驳:"我这不还没开始谈呢……"

林绥虽然闹腾,脾气火暴,但也知道分寸。方易不打算就这个话题继续下去,苦口婆心地叮嘱他在节目中一定要收好自己的脾气。

方易刚讲了两句,休息室的门就突兀地响了两声,林绥心下一跳,如坐针毡地从凳子上站起身。

林绥:"请进。"

鹿予拧开门进来,身后跟着一个矮小的女生,应该是鹿予的小助理。

鹿予无论什么时候,神色都是平淡的,浑身都透露着一股不易接触的气质,但林绥见过她的另一面,比起方易的拘谨,他更多的是紧张。

鹿予走到林绥身边伸出手,掌心向上。

林绥脑袋一热,肢体动作完全胜过理智,不等她说话就把自己的手放在她手里。

众人:"……"

鹿予手腕一转,直接自上往下地拍掉他的手:"有吃的吗?饿了。"

林绥的气血直冲头顶,他尴尬地收回手,转身从一旁的抽屉里拿了一瓶牛奶和一包饼干。

"有这个,你吃吗?"

鹿予接过饼干直接拆了包装袋:"你吃了吗?"

林绥一边点头一边拧开牛奶的瓶盖,递过去,行为十分谄媚。

节目录制一开始的提问环节并不难,但节目组为了保证节目效果,还是把会提到的问题发给嘉宾们,让他们对好答案,提前做准备。

方易和小助理都出去了,整个休息室只剩下他们两个人,林绥心里发慌,便提出和鹿予对提问环节的答案。

鹿予一边慢条斯理地吃着饼干,一边问林绥问题。

鹿予:"我最喜欢的歌手是?"

林绥:出师不利!我绝对不会说出那个名字!

林绥:"廖琰?"

鹿予顿了顿:"没有,我没有最喜欢的歌手。"

鹿予:"我最喜欢的甜点?"

你踩在我心上了

林绥想了想:"沙河蛋糕、红丝绒蛋糕、蛋奶酥……你好像都挺喜欢的,你最喜欢哪个?"

鹿予顿了顿,她实在不擅长撒谎:"欧培拉蛋糕。"

自以为很了解鹿予的林绥:"……"

林绥:"那你最喜欢哪种男生?"

鹿予低头往台本上扫了眼,没有这个问题。

林绥做贼心虚地抢先解释:"我这是怕他们延伸问题,出其不意,提前做好准备。"

"喜欢的男生?"鹿予拿了一块新饼干放进嘴里,声音含混不清,"一眼就喜欢上的人,我喜欢这种男生。"

林绥下意识地开始思考,他和鹿予第一次见面时的场景,真正意义上来说,他们的第一次见面是在鹿予家里,鹿予问他是谁。

林绥心口一痛,还要故作坚强地继续对答案。

八点整时,有工作人员来通知准备换服装开拍宣传照。

休息室里有两个隔间,林绥进了其中一个隔间换好衣服出来之后才发现,他和鹿予的服装十分相似,都是浅蓝色外套,但他是白色裤子,鹿予是白色连衣裙。

完全就是……情侣装啊。

林绥被这个认知砸得脑袋一阵眩晕,甚至有点羽化而登仙的错觉。

鹿予见状扯了扯外套:"很奇怪?"

"不会！"林绥连忙否认，不自然地清咳一声，"好看，很好看。"

林绥一路跟着鹿予到拍摄场地，时不时地抬头看一眼鹿予又低头看看自己，心里像咕噜咕噜冒泡的碳酸饮料一样，卑微又小心翼翼地暗喜，但这种暗喜没坚持多久就被廖琰迎面而来的拥抱冲得一干二净。

廖琰气势汹汹地跑过来时，林绥还以为对方发现端倪要揍他，下意识抬起手防护，廖琰却误以为林绥也想拥抱他，神色更是激动。

"弟弟！"

林绥：滚！

林绥被廖琰撞得往后退了两步，刚回过神又被对方在背脊上一通拍。

廖琰爽朗大笑："好久不见啊！"

林绥敷衍地拍了拍廖琰的手臂，正准备推开廖琰，就听见廖琰音量一高。

"咦！小予！"廖琰余光瞥见鹿予，顿时兴奋，"你怎么来了！"

林绥正准备推开廖琰肩膀的手臂一顿，霎时转换方向伸长了手一把抱住廖琰，因为动作太猛，看起来像是相扑比赛。

"哥！"

"哎！"

"好久不见！"

"是啊！"

你踩在我心上了

"你还好吗?"

"挺好的!"

林绥说一句拍一下对方的肩膀,廖琰照葫芦画瓢,有样学样,拍得林绥一腔血气上涌,但他依旧死不放手,誓不让廖琰抱到鹿予。

廖琰摸不透林绥怎么性情大变只能抬手冲鹿予摆了摆,之后又凑到林绥耳边。

"弟弟,放手了,全场人都看着呢,哥哥回去给你抱。"

周围顿时传来阵阵哄笑声,纷纷夸赞他们兄弟情深。

林绥为爱献身,有苦难言,心里把廖琰骂了一顿,但面上不动声色地笑着放开手。

廖琰十分欠揍地喟叹道:"真乖啊。"

林绥:有些人活着,但他已经死了。

06

《我和我的好朋友》这个节目能受到网友追捧,一方面是因为嘉宾的流量大,另一方面是因为在宣传正能量的同时,能够让粉丝看到偶像不同于以往的一面——这一环节简称"面对恐惧"。

虽然说是面对恐惧,但节目组一般不会做得太过分,都是适度的惊吓,毕竟他们的主旨是引起综艺效果,而不是引起粉丝众怒。

方易之前千叮咛万嘱咐,让林绥要看前面几期的节目学点经验,但林绥那会儿正陷入"我的爱情发芽了,我的爱情枯死了"的精神斗争中，完全把这件事抛在脑后，所以当他拿开眼罩站在游乐园时，脑袋完全一片空白，周围没有其他游客，询问摄影人员，他们也只笑不答，他不知道节目套路，只能一脸迷茫地四顾找鹿予。

方易后来告诉他，他当时的状况特别像小蝌蚪找妈妈。

林绥绕到后面的旋转木马才看到提示，通过提问环节成功找到鹿予。鹿予手上有接下来的行程安排，前面几个任务都特别简单，不是找齐拼图就是到指定地点完成规定项目的挑战，其中有一个是抱着朋友通过障碍物拿锦囊。

林绥和鹿予到的时候正好撞上高崇和廖琰，他们正因为到底由谁公主抱而争吵。

廖琰皱眉："我肯定能抱起你。"

高崇一脸不信："你上次跑了没十分钟就开始大喘气，体能不好。"

"我怎么就体能不好了，那次是因为你在后面追我啊。"

"我为什么追你，还不是你闹着逃跑？"

林绥："……"

鹿予："……"

听听这说的都是些什么？他们忘记这是在录节目吗？还你追我跑，是要食物救济给 CP 粉发粮吗？

林绥痛心疾首，恨不得上脚踹开他们，但他踹之前得先问问鹿予的意见。

"我们先来？"林绥问。

你踩在我心上了

鹿予扫了一眼长长的跑道:"你行吗?"

男人怎么能不行!

林绥当机立断拉着鹿予过去。

廖琰看见他们才停止争吵打招呼:"你们什么时候来的?"

鹿予如实回答:"从你们说抱不抱开始。"

林绥悄悄低头看了鹿予一眼,想不到鹿予也是"造粮"大户,而且造的还是她对象和别人的粮。林绥表示十分满意,但他还是怕鹿予一不小心泄露了与廖琰的关系,此地果然不宜久留。

林绥直接略过廖琰,站在跑道始端转头冲鹿予抬抬下巴:"我们开始。"

"好。"

鹿予走过去站在林绥旁边,林绥准备弯腰时突然想起什么,直起身脱外套,将外套直接捆绑在鹿予的腰上。

他们身上穿的还是今天宣传照的服装,鹿予的外套里面是一条连衣裙,不拿外套挡着容易走光。

林绥一边绑,一边嘀咕:"知道有这环节还安排这种服装,多不方便啊……"

林绥弯着腰,鹿予视线所及之处正好是对方紧紧抿着的嘴,以及皱成小疙瘩的眉毛。

鹿予伸手碰了碰他的眉毛:"没关系。"

林绥抬头看她一眼没说话,转头有点心虚地看向一旁的廖琰。

廖琰似笑非笑弯腰做了个"请"的动作,林绥脑袋一热,冲他抱拳。

"我们先走一步了。"林绥一脸正气凛然地对廖琰说完,转头又小声跟鹿予说,"失礼了。"

林绥直接弯腰抱起鹿予准备开始完成任务。

鹿予挽住林绥的脖子,不确定地问:"这样会勒住你吗?"

"没事,你抱紧就好了。"林绥不知道鹿予怕不怕这个,便多加了一句,"害怕就闭眼。"

廖琰:"……"

高崇:"……"

廖琰一脸纳闷,看着远处渐行渐远的两人,伸手捂住领口处的麦,小声问高崇:"他们什么时候这么好了?"

高崇摇了摇头,突然反应过来:"你怕?"

廖琰心里一虚:"我、我怎么就怕了?"

高崇看破不说破,直接往前一站,干脆又果断:"那你抱我吧,累了我们就在中间歇着。"

林绥和鹿予拿到锦囊之后就原地打开了,里面放着一张标着"逃过一劫"字迹的卡片和一张使用说明,简而言之,就是在任意一个环节,他们可以使用卡片不参与某一任务,但会扣掉两点积分。

节目组在录制过程中会按完成程度,以积分制合算,结尾录制最后分数最低的一组有惩罚,所以这个卡片虽然坑,但也有点用处。

"我有一种不太好的预感。"鹿予突然说。

你踩在我心上了

　　林绥不甚在意，反正兵来将挡水来土掩，他担心的反倒是鹿予。

　　鹿予扎着高马尾，光洁的额头上溢满细密的热汗，在日光下一闪一闪，林绥手指动了动片刻又放下，抬手将鹿予拉到一旁的树荫下。

　　"你渴吗？"

　　鹿予摇摇头，接着道："按照目前的任务难易程度来看，最艰难的应该在后面，你刚看到餐厅上的标语了吗？'耳听为虚，眼见为实'，当时我们是因为工作人员的视线才看到那句标语，我总觉得有问题……"

　　"这样……"林绥点点头，无缝衔接，"那你饿吗？"

　　鹿予又摇了摇头，接着分析："还有刚才跳楼机那边有工作人员在，我总觉得后面的任务会与跳楼机有关，我们先把卡片留着吧。"

　　林绥答应得很爽快，而且目光炯炯，看起来像是认真听讲的模样，但事实上这会儿他已经有点走神。他的视线落在鹿予的额头上，过了会儿，终于忍不住拿拇指轻轻一蹭。

　　林绥坚持不懈："你真的不渴吗？"

　　鹿予：我刚都白说了。

07

　　禾瑞和蒋雨甜从另一边过来时，林绥他们正坐在遮阳伞下喝果汁，桌上放着两小盘水果沙拉和一盘红豆糕，一旁的服务员正躲在后面的帘子处瑟瑟发抖。

禾瑞冲他们点了点头，笑着问："这里可以吃东西？"

鹿予一脸淡然："不能。"

蒋雨甜抢先询问："那你们这是？"

林绥默不作声地在一旁低头喝果汁，鹿予不咸不淡地瞥了他一眼："林绥把人从里面拽出来了。"

林绥小声地为自己正名："不是拽，是请，我请他出来。"

鹿予没理会，她旁边只有一张空凳子，禾瑞应该会让蒋雨甜就座，鹿予之前在家里听鹿铮提起过禾瑞，鹿铮说他是个很有潜力的演员，而且很敬业。

禾瑞今年三十二岁，按理来说是鹿予的前辈，她理应让座，但她刚起身，林绥就伸手压在她肩膀上，把她又按回座位上。

林绥虽然心里万般不愿让禾瑞与鹿予坐一块，但他不能因此让鹿予站着，更何况禾瑞是前辈，他作为晚辈确实应该礼貌让座。

禾瑞推托了两下，最后才坐在位置上。林绥拿着一杯饮料靠在一旁的墙上，看禾瑞笑着和鹿予说话。

蒋雨甜凑过来，两眼弯弯："哥哥，还有水果沙拉吗？"

林绥指了指桌上自己的那一份水果沙拉："我那份没碰过，你吃吧。"

"哥哥你真好！"蒋雨甜原本就长得可爱，微微眯眼笑的时候更是讨人喜欢。

但林绥现在满心满眼都是正在和禾瑞说话的鹿予，压根儿没多

你踩在我心上了

看蒋雨甜。禾瑞正在问起鹿铮的近况,林绥立马警觉地竖起耳朵偷听,蒋雨甜突然凑到他眼前,苦恼地摊开脏兮兮的手。

"哥哥,我手脏了,你能不能……"蒋雨甜垂着头不太好意思地看了看桌上的水果沙拉。

鹿予那边的对话突然停了下来,场面一时很安静。

蒋雨甜来录制之前,经纪人就告诉她,多跟林绥接触,可以为之后新剧的宣传预热,但她一早上都没碰上林绥,这会儿好不容易遇见,她便想着制造点同框的镜头。

蒋雨甜和林绥在剧中有喂水果这一段,所以她才临时起意。

蒋雨甜年龄小,在剧组里众人都会下意识地照顾她,林绥没多想就点了点头,但他刚直起身就看到鹿予的视线投射在他身上。

林绥不明所以:"怎么了?"

鹿予面无表情地垂下眼:"没事。"

林绥耸耸肩,拿着果汁往桌边走过去。

蒋雨甜立马甜甜地笑:"谢谢……"

但她的笑意刚上眉梢就"嘎嘣"一声碎成粉末,林绥把果汁放在桌上,绕过桌子从一旁的墙角提了一桶水。

林绥轻轻松松地将水放在蒋雨甜眼前,热情地招呼:"来,洗洗手。"

蒋雨甜眉眼抽了抽:"好、好的。"

他们接下来的行程不同，禾瑞掏出节目组给的手机往鹿予面前递了递。

"留个号码？一会儿有什么事情方便联系。"

鹿予点了点，但手机是节目组给的，她自己也不清楚具体的电话号码是什么。她正打算掏出手机翻一翻，林绥就先行上前一步接过禾瑞的手机。

"前辈，我记得号码，我帮你输进去。"林绥边说边往手机屏幕上按了按，一脸亲切地把手机递回去，"有什么事情，你可以给我打电话，时间紧，任务重，我们就先走了。"

林绥拉过鹿予转身就走，走得衣袂飞扬，脚下生风。

鹿予皱了皱眉："这么着急？"

林绥拉着她没回头，脚步轻快："我们作为游戏体验者，要对游戏抱有绝对的尊重，怎么能不着急？"

林绥说得铿锵有力，坚决果断，但不过片刻，他就懊悔得连肠子都青了。

林绥和鹿予在兜兜转转之间终于迎来录制中的第一道坎——恐怖屋。

游乐园的恐怖屋，设计得像一座山洞，门口放着用石头做成的棺，旁边的石碑上写着"有缘千里来相会"。

看起来态度友好而热情。

林绥："……"

你踩在我心上了

鹿予:"……"

林绥喉间动了动,探头往黑漆漆的洞口看了看,浑身僵硬地转头看向工作人员。

"你们进去过吗?"

工作人员露出谜一般的微笑,在现下的场景里显得异常诡异,林绥心里一片冰凉像被十二月的雪花覆盖了厚厚一层绵冰。

鹿予突然往后退了一步,神色紧张地看着林绥:"我们要进去吗?"

不……

"当然了。"林绥故作镇定地点点头,"你害怕吗?没事,有我在。"

有我在,我们一块害怕。

林绥手指僵硬地动了动,深深地吸了一口气,感觉要把天地精华都收入囊中。

鹿予迟疑地站在林绥身后,垂着脑袋商量:"要不我们把卡片用了吧?"

林绥心里也想用卡片,虽然会倒扣两点积分,但是不用的话一会儿倒扣的就是他的脑袋了。

林绥胆子小,从小到大就没进过一次恐怖屋,之前在节目上他也曾多次表示不会去参加惊悚游戏的节目录制,没想到逃了这么多年被一脑袋按在这里了。

但他不能承认,鹿予在边上,他如果显得自己很胆小岂不是太丢人了,所以他决定怂恿鹿予提出来,他再婉言劝说几句,最后才做出败下阵来的态度,万分不舍地交出"逃过一劫"的卡片。

林绥心里早有盘算,说话的底气也足了,演得跟真的一样。

"要不我们还是试试吧,其实没那么恐怖的,里面都是游乐园的工作人员扮演的角色。"

鹿予抬起头,干涩的语气道:"可我还是害怕。"

林绥再接再厉:"鹿予,克服恐惧!"

鹿予突然直起身,一口答应:"好的。"

林绥:"……"

林绥灵魂一震,如遭雷劈,怎么回事?怎么回事?这跟他心里的剧本不一样啊!

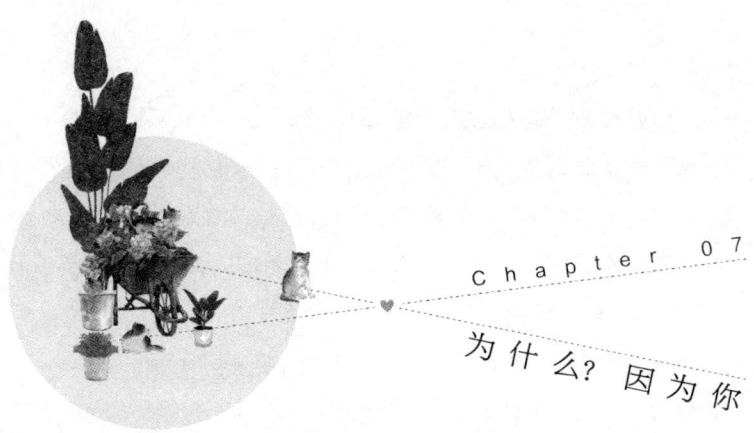

Chapter 07

为什么？因为你

01

四周寂静无声，只有脚踩在地面上发出的细微声响，地面是黄泥地，上面还七零八落地散着干树叶和树杈。林绥不小心踩在树枝上，"咔嚓"一声，心一下提到嗓子眼里，周围黑漆漆一片，能见度很低，只有头顶诡异摇摆的灯泡偶而能照亮前路。

"这灯泡一看就是即将寿终正……啊！"

林绥一句话没说完，头顶的灯泡就突然灭了，他吓了一跳，边发抖边伸手去牵鹿予，直到抓到温热的掌心才吐出一口气。

"前面有光,你抓着我,我们往前走。"

林绥手指紧紧扣住鹿予的手指,他也不知道镜头会拍到多少,但这一刻他不想放开,他在害怕之余又隐隐觉得幸福。

他牵到鹿予的手了!

鹿予的手!

但是,这手……

林绥红着脸侧头看去:"鹿予,你的手怎么这么大,啊——"

血淋淋的脸往他身前一凑,林绥瞳孔顿缩,心跳骤然漏了一拍,等撒开手往前冲时,他脚下一软一个趔趄之后,十分狼狈地开始边跑边胡言乱语地哀号。

"啊——"

"一一得一,一二得二,二三得六,六小龄童,七上八下,爸爸我爱你——"

"鹿予——"

"林绥,我在这里!"鹿予的声音突然从前面悠悠传过来。

林绥靠在一张桌上,半条命都吓没了,还得软着身子故作镇定地抹了把脸。

"鹿予,别怕,我……"

林绥一句话还没说完就听到鹿予的惨叫声,鹿予一个女孩子肯定比他更害怕,他急着往前跑,不料旁边突然伸出一只手,猛地一把抓住他的脚踝。

你踩在我心上了

林绥一边喊一边用力甩腿,但那只手跟粘在他腿上似的,一动不动,前方时不时地传来鹿予的叫喊声,他心里跟装了一头四处撒野的疯马,撞得他胸腔一阵疼。

心急战胜恐惧,林绥一下就怒了:"你放开我!你不放我让你老板扣工资!"

对方无动于衷。

林绥看不清前面的情况,慌不择言地喊:"你们别动她啊!她一个女孩子你们别吓她啊!你们还是不是人了!"

"兄弟……"

林绥身后突然幽幽飘出一道声音,友情提醒。

"你们进的是恐怖屋……"

林绥的怒火烧得整个脑袋都一阵发热:"那又怎样!恐怖屋就得吓人吗!不能和平共处吗!你们还有没有心连心共住地球村的意识了!"

对方一愣,准备把脑袋缩回暗处,林绥眼疾手快,一把抓住对方的衣领。

"灯源开关在哪儿?"

对方往后退了退,没挣开,可怜兮兮地小声道:"老板会打我……"

林绥扯了扯嘴角:"我也会。"

"在前面的木桩后面……"

林绥松开手,用力拍了拍对方的肩膀:"哥们儿谢了,但是不得不说你脸上的番茄味有点重。"

林绥像是浑身经脉被敲打一通,一开始的恐惧渐渐消散,脑子里只有一个念头——找到鹿予。

他跑到木桩后面的墙壁上一阵盲摸,随后听到一声细微的"咔哒",整条通道瞬间灯火通亮,躲在暗处准备惊吓林绥的工作人员,一脸茫然地转头与林绥对视。

林绥破坏了游戏规则,自己心里也过意不去,一边点头经过,一边冲四周穿着奇装异服、面容诡谲的工作人员摆手致歉:

"辛苦了,辛苦了。"

"哇,这衣服挺好看哈。"

"加油!努力!我先行走一步了。"

众人:"……"

林绥的恐惧,更多的是来自未知与黑暗,一旦他能够看清环境,胆子便渐渐大了起来,一路畅行无阻地穿过通道,到达出口处。

出口处的光亮隐隐射进来,他眯了眯眼能看到不远处的摄像人员,他站在洞口犹豫了一会儿。

"你们看到鹿予了吗?"

摄像人员没说话,林绥以为距离太远他们没听到,一脚跨出洞口。

"你们看……"

"砰——"

林绥始料未及往后一缩,头顶的彩带飘落在他肩膀上,两边站

你踩在我心上了

满了工作人员,一人一个礼花筒,有一个工作人员没拧开,弯腰用力转动礼花筒依旧无果后,自发用嘴模拟了一声"砰"。

敬业精神,天地可鉴,日月可表。

"恭喜你通关成功,这是接下来的任务卡。"其中一人上前,给他递了一张卡片。

林绥一脸莫名其妙,正想问鹿予怎么办,转眼就看见鹿予坐在不远处的遮阳伞下,正漫不经心地在看洞内的监控视频。

林绥:"……"

他欲哭无泪,终于意识到自己被整蛊了。

02

他们后面的任务不在游乐园内,而是在福利院,帮忙教小孩子学习。林绥第一次来福利院,左右为难,总怕自己太凶吓到祖国的花朵。

院长跟节目组商量了一番,怕吓到小孩,便减少工作人员入内。

林绥从大门进去时没看到人影,逛了一会儿才看到角落躲着一众小孩,他刚笑着抬手挥了挥,他们就喜上眉梢,笑着冲他跑过来。

林绥心中一喜,果然这张脸很好用啊。

他张开手臂,准备抱住横冲直撞的他们,但没想到他们直接略过林绥,撞进鹿予怀里。

"哎哎哎!小心点!"

林绥一愣，连忙制止。鹿予这小胳膊小腿的怎么能经得起这一群人冲过去的力度。

　　但不等他提醒，小孩们就乖乖站成一排排甜甜地喊鹿予"姐姐"。

　　鹿予蹲下身，摸了摸他们的脑袋，声音带笑："好久不见啊，大家有没有好好吃饭？"

　　"有——"

　　稚嫩的孩童拖着长音回答，争先恐后地跟鹿予抱怨，他们最近刚学的课文好难。

　　林绥站在日光下，看着鹿予仰头认真说话时的样子，突然有一种胸口很涨很酸的感觉。

　　他喜欢的人，身上有着璀璨星光、熠熠生辉，他光是能够喜欢她，就觉得自己万分幸运。

　　鹿予抬头时，正看到林绥望着她失神，她以为林绥是因为没有小朋友接近他而难过，立马压低声音跟眼前的众人商量。

　　林绥回过神时，身边已经围了一群人。他们应鹿予的要求，讨好地笑着喊林绥哥哥，怕力度不够，还绞尽脑汁地想词。

　　"林绥哥哥，你真好看，你比……比……院长好看！你像花儿一样好看！"

　　林绥心里一阵发软，蹲下身询问他们要不要一块进去上课，等他们点头之后林绥才抬起头看向鹿予。鹿予迎着光，笑意沾染上大片的金色。

你踩在我心上了

怎么办呢?越看越喜欢,要不找个月黑风高的晚上把廖琰打一顿吧。

林绥一边暗想,一边抬手冲鹿予挥了挥,带着小孩进室内。

是一间很大的空房间,摆了几张桌子,旁边的柜子里放了一些儿童启蒙书。

林绥就蹲在他们身边翻课本,突然有一个小男孩跑过来,气喘吁吁地厉声质问:"你是不是喜欢鹿姐姐?"

林绥心里一跳,但现在是在录节目,他不敢露出半点端倪,所以笑着摇了摇头。

小男孩松下一口气:"那就好,我可喜欢她了!"

林绥笑着没说话,暗想,小鬼,我对她可不仅仅是喜欢。

节目录制的最后一关任务是坐跳楼机,坐到最顶端看清远处高楼上的字,并准确无误地把答案告诉工作人员,但机会只有一次。

这个环节不仅是林绥和鹿予需要参与,另外两组也需要。林绥和鹿予是目前积分最高的组,但他们的积分也就比廖琰他们高一分,这最后一关完全就是生死角逐。

林绥虽然之前没坐过跳楼机,但他不恐高,所以心理压力不大,只是鹿予从看见跳楼机开始就不说话了,结合她之前提出的猜疑,他大致能推测出她为什么不说话。

"你恐高吗?"林绥问。

鹿予睫羽一颤:"不是……但我有点怕。"

林绥脱口而出:"那我们不坐了。"

鹿予小声解释:"小时候跟我姐一块来过游乐园,那次看到有人……从上面摔下来了……"

林绥下意识地抬手压了压她的脑袋,语气温柔:"没关系的,那我们就不坐了,用卡片吧,刚好我们卡片没用……而且啊,我其实也有点怕。"

鹿予抬眼看他,认真地问:"真的?"

"真的。"林绥哄小孩似的认真点头,"所以,你就当迁就迁就我。"

林绥他们使用卡片可以跳过这一环节的比拼,但倒扣两点积分,无论最后廖琰他们是否挑战成功,林绥、鹿予都不可能赢了。

林绥坐在下面的长椅上好整以暇地看廖琰在运行的机器上鬼哭狼嚎,鹿予就坐在他身边,低头看手指没说话。

"对不起。"鹿予突然开口。

"鹿予。"林绥手指动了动,心里一阵发痒,最后他还是没忍住伸手捂住领口的麦,一字一顿地将话说完整,"你永远都不用跟我说对不起。"

如果让你觉得抱歉,那也一定是我做得不对。

喜欢一个人就应该让她除了开心之外,再无其他。

林绥笑着收回视线,靠在椅背上继续听廖琰高低起伏的"海豚音"。

你踩在我心上了

节目录制结束后,林绥问过鹿予,为什么会答应上节目。

他们当时正站在电视台的长廊,穿堂风略过他们周身卷起细微的风声,谭蓁蓁踩着高跟鞋正一脸复杂地从前面走过来,尖锐的踢踢踏踏声由远及近,林绥突然觉得自己有点傻,甚至是有些愧疚,他的心存侥幸,不但让场面凝滞,也让鹿予为难。

林绥摆了摆手,笑着后退两步:"算了,你回去吧,路上小心。"

鹿予笑了笑,往谭蓁蓁身边走了两步突然转过身又往回走。

林绥:"怎么了?"

鹿予抬头看着他:"因为你。"

林绥一愣。

鹿予又道:"为什么。因为你啊。"

这是一种什么感觉,就好像你的心跳缓慢地上升再缓慢地降落,之后突然开始剧烈地跳动,撑着胸口,势如破竹。

林绥蹲下身,突然说不出话来。

方易应付完节目组的导演,一从二楼下来就看到林绥一脸生无可恋地蹲在地上,江一一紧随其后,见状比方易更快反应过来,连忙一脸焦急地跑过去。

"哥,你怎么了?身体不舒服吗?"

林绥没反应,愣愣地抬手捂了捂心口。

"心脏疼吗?"方易一边说一边准备把林绥拉起来,"走,去医院!"

林绥晃了晃手:"没有用的。"

江一一泫然欲泣:"这么严重吗,哥?你有病怎么不说!"

林绥:"……"

林绥略过江一一,一脸茫然地抓住方易的手。

"我可能要变成妖艳的'小三'了。"

03

林绥第一次当"小三",心里很紧张,甚至忐忑不安地一遍又一遍开始念佛,他觉得自己做得不对,他心里深受谴责,但又不想鹿予被廖琰这个浪荡少年耽误了,所以他决定找廖琰谈谈。

廖琰虽不明所以,但一口拒绝。

"林弟弟,不是我不见你,是高崇不让啊,他这个人就是魔鬼!他限制我的自由!他控制欲简直强得跟神经病似的!等我这边结束后,我再约你见面啊!"

林绥第一反应是觉得奇怪,他不是第一次觉得廖琰和高崇之间很奇怪了,高崇可是小歌神,对外一直都是不冷不热的态度,他曾经拿高崇当过学习榜样,所以对高崇有所了解,他知道的高崇完全就跟廖琰口中的高崇是两个性格的人。

廖琰还在电话那边断断续续地骂,林绥的思绪却已经跑偏了,他回神时隐隐听到廖琰提到"小时候""阴魂不散"的字眼。

林绥迷惑不解:"小时候?"

你踩在我心上了

"对啊。"廖琰顿了顿，压低了声音，"我跟高崇小时候就认识了，他小时候可皮了，我还被他压着揍过呢。他就是长得一脸正经，其实是个道貌岸然的魔鬼！"

林绥暗自骂了一句，娱乐圈也太小了吧，廖琰和高崇竟然是小时候的玩伴！

但现在不是探听他们关系的时候，林绥要问的是鹿予，既然廖琰暂时没办法同他见面，那他倒不如直接挑明。

林绥深吸一口气，握着手机的手心一片热汗："廖琰，你能不能不要跟鹿予在一起？"

电话那边停了好几秒，林绥屏住呼吸，生怕错过一丝一毫的蛛丝马迹。

过了会儿，电话那边才传来廖琰的声音："哦，你说一块玩是吧，这我可没办法决定，就算我同意，我们双方家长也不同意啊。"

廖琰停了一会儿，一头雾水地反问："不是，你为什么这么反对我跟小予在一块啊？"

林绥脑袋一蒙，眨了眨眼："你们……你们见家长了？"

"啊，早就见过了。"

林绥音量一高："那你还说玩！这是玩玩吗！"

廖琰似懂非懂，他和鹿予就是一块玩啊，有什么问题？

"本来就是玩啊，你不玩吗？你没有……"

廖琰话音硬生生卡在半路上就被对面挂了电话，那句"你没有朋友吗"立即胎死腹中。

廖琰一头雾水，林绥这脾气也太大了吧？

林绥挂了电话，脑袋里还是一片糨糊，他此刻的感觉就像是台风天被糊了满面沙尘所产生的窒息感。廖琰大言不惭地说他和鹿予就是玩玩，可鹿予是真心实意地喜欢他啊！

这个王八蛋！他总有一天要把廖琰抓进恐怖屋里！

虽然廖琰不答应跟他见面，但林绥自有一套方法去见对方，山不过来，那他就自己过去……他不仅要过去，还要过去把廖琰拖到小巷子里狠揍一顿！

在娱乐圈中，明星的行程并不难知道，但林绥怕方易知道这件事之后会阻止他，所以临时决定自己去打听消息。

这是他第一次亲自上阵，业务不熟练，花费了好几天才从别人口中知道，廖琰今晚八点订了虚静楼的包厢。他再三确定包厢号之后，准备乔装一番过去"审问"廖琰。

林绥今晚的任务只有一个。

那就是让廖琰自觉跟鹿予分手，还鹿予一片安宁。

林绥从未想过自己有这么一天，他起初的想法是为了收集廖琰和鹿予谈恋爱的证据，借此报复死对头廖琰，但不想从中发现了这段感情并不平等。

廖琰拈花惹草、三心二意，鹿予一片真心喂了狗，当然更重要的是，他不是一个合格的"记者"，他喜欢上了自己的调查对象，

你踩在我心上了

现在还要为了鹿予的美好生活,使出浑身解数逼迫廖琰分手。

太魔幻了。

人生真是一场魔幻大戏。

林绥深深地叹出一口气,戴上口罩和鸭舌帽就往餐厅里走。

廖琰的包厢在最里面,隐蔽性最好,林绥一路上被拦截了好几次,最后迫不得已拉开口罩又迅速冲服务员"嘘"了一声,示意他别声张。

虚静楼里来往的明星不少,工作人员都被上层警告过要闭紧自己的嘴,所以对方稍稍讶异之后就带林绥去廖琰的包厢。

林绥到达门口的时候突然听到一阵急促的脚步声,过了会儿就是"咚"的一声巨响,外加廖琰骂骂咧咧的声音。

林绥蹙眉一阵不安,往旁边侧了侧身让服务员刷卡开门。

"嘀"的一声响起,林绥就迫不及待地伸手推开门,正准备往里走的时候却被眼前的场景吓愣在原地。

廖琰靠在墙上,伸手推着压在他身上的高崇,高崇的左手落在廖琰腰上,右手掰着廖琰的下巴。

隐蔽性的包厢里一片凌乱,原本靠在一起的两个人在看到他之后,顿时呆若木鸡。

林绥整个脑袋都被灌入一阵冷风,智商有片刻的凝固,随后才在电光石火间重新运转起来。

廖琰回过神来,对林绥道:"高崇喝醉了,正耍酒疯呢,你怎么在这里?"

林绥无意识地点头:"对,我不应该在这里,我应该在外面……"

廖琰一脸茫然:"你说什……"

林绥立马转身走人,还礼貌地带上门:"不好意思,打扰了。"

廖琰:"……"

林绥整个脑袋都晕乎乎的,他终于明白廖琰为什么不在意与任何一个女艺人的绯闻,为什么廖琰会对高崇这么了解,为什么廖琰要拖着鹿予不肯分手,为什么他会觉得廖琰与高崇之间的气场很奇怪,因为他们……

原来如此,那鹿予知道吗?

林绥走出餐厅,迎面被冷风吹了一个哆嗦,他搓了搓脸,最后蹲在路边给鹿予打电话。

04

林绥身上穿着一件牛仔外套,下摆处除了流苏还有设计感很强的彩带。他平时有些微的洁癖,此刻却任由衣服上的彩带拖在尘沙里。

林绥就这么蹲在路边的台阶上,双手伸直架在膝盖上面,眼睛里都是路边流转的霓虹灯。

林绥在临门一脚时把脑袋缩了回来,鹿予问他怎么了,他只能支支吾吾地说自己按错了电话,而后就匆匆把电话挂了。

他不知道应不应该告诉鹿予,他怕她伤心,更怕她因为廖琰伤心。

林绥手指一晃一晃地点着,过了片刻就见方易怒气冲冲地从对

你踩在我心上了

面跑过来。

"小祖宗！徐导在到处找你呢！你戏还拍不拍了！"

林绥站起身，拍了拍外套："对不起，现在回去。"

方易挂在嘴边的话全被堵了回去，他虽然不明白林绥此刻怎么了，但猜想也与鹿予有关。鹿予现在可是这位小霸王的逆鳞，方易不敢多言，讪讪地拍了拍林绥的肩膀跟着他一块上车。

林绥回到剧组之后被徐江皮笑肉不笑地训斥了一顿，林绥今晚没有戏份，但明天戏份很多，徐江原本是想找林绥聊聊，不想林绥早已逃之夭夭。

"林绥，我是真的觉得你有天分，你如果要白白糟蹋你自己，你跟我说一声，以后除了与我这部剧有关的事情，我统统都不管。"

林绥压低脑袋道歉，他虽然脾气不好，但也不是不明事理的人，这件事确实是他的错。

徐江佯装恼怒地拍了拍他的脑袋，最后才进入正题与他讨论明天的戏份。

隔天，天光微亮时林绥就已经开始进行拍摄，直到深夜两点才拖着一身疲倦回酒店。他脑袋里沉重地压着一块铁，他狠狠揉了把脸才拿着衣服进卫生间，等出来窝在沙发上时他才注意到桌子上放着食物。

白色的透明袋子里，装着一个保温瓶，里面是温热的百合排骨汤，旁边还有一个保温的便当盒。

林绥坐在地上，伸手往袋子里摸了摸才看到一张掉落的便利贴：

按时吃饭。　　　鹿予

林绥的拇指蹭着浅黄色的纸张，半晌之后才认认真真地将它折叠起来，放进口袋里。

林绥的台词功底说不上多好，他今晚更是忙着背台词没有吃晚饭，可鹿予为什么会知道？

林绥后仰靠在沙发上，抬头看着天花板上的吸顶灯发呆，他好像这会儿才明白为什么徐江会对他这么好。

《醺光》的拍摄即将进入收尾阶段，林绥也只剩下最后几场戏。

林绥最近一心一意在剧组里拍戏，连徐江都称赞他最近的状态与之前大相径庭。林绥表面上谦虚回应，心里暗想，他怎么也不能辜负鹿予的一番好意。

其间张瑾逸还来给他探过班。张瑾逸长得可爱，蒋雨甜总说他们待在一块就是不给女生活路。

张瑾逸立马甜甜地笑："哪有，这不有你嘛。"

蒋雨甜被逗得直笑，林绥等蒋雨甜走后才问张瑾逸，那谭蓁蓁算什么？

张瑾逸立马正色道："蓁蓁当然最可爱。"

你踩在我心上了

张瑾逸虽然没有和谭蓁蓁在一起，但两人每天如胶似漆，腻腻歪歪，早已是落花有意流水也有情的状态，林绥嘴上不饶人但心里早已酸成柠檬海。

而且张瑾逸还说漏嘴，让林绥知道鹿予最近又开始频繁地约见艺人。林绥心里的危机感突然加剧，眼下更是认真百倍地对待演戏，力争早日杀青去见鹿予。

但在杀青之前，林绥参与录制的那期《我和我的好朋友》正式开播了。

林绥虽然猜想有鹿予的加入，这期的节目收视率会爆表，但也没想到热度会上升到这种程度，不仅爆了热搜，还长居不下，关于鹿予的综艺首秀讨论的热度只高不低，连林绥的搜索热度都一路飙升，其中最大的争议就是他与鹿予的关系。

大部分网友在营销号铺天盖地的"引领"之下，已经完全认定他与鹿予在谈地下情，节目中两人接触的画面更是被网友剪辑、润色成一部"爱情偶像剧"。

林绥在剧中不按套路出牌的行为意外收割了一批粉丝，关于他进恐怖屋那一段的画面更是长盛不衰地挂在超话里充当扬威的标志事件。

林绥当时着急找鹿予，完全没有注意到自己在摄像头下的表现，直到节目播出后，他才看到自己一路上都在叫鹿予的名字。

粉丝亲切地将这一现象称之为"千里追妻"，林绥手痒地跑到"双鹿CP"的超话里,看到他们已经在敲锣打鼓,鞭炮齐鸣地开始过大年,而且CP粉的人数比之前增长了百分之50,直接跻身娱乐圈CP排名的前十位。

评论里一片祥和,谨遵来着是客的原则,逢人就道"新年好"。

林绥往下划拉的时候还看到另一个CP名——随缘CP。

他点进去才发现,"随缘"是他和廖琰的CP名,超话里最新一条精帖里,有粉丝将节目中公主抱环节,他看廖琰的那一眼理解为"见琰行事"。

林绥拿远手机,一头黑线地看了看,直接关闭了微博。

方易乐见其成,每天都在林绥耳边念叨,鹿予是他命定的贵人。

但是,林绥没想到鹿予不仅是他的贵人,还是他的在世菩萨。

拍摄进入最后阶段,林绥忙着杀青,每天早出晚归,一回到酒店洗漱完直接将自己砸进被窝里,直到最后一天杀青后,他才彻底松下一口气,在庆功宴里与所有演员、工作人员道别。

徐江在最后发言阶段还感性地哭了一场,他在拥抱林绥时还意有所指地让林绥代他向鹿予问好。

林绥暗藏着小心思,没有点破真相,颇有家属风范地拍了怕徐江的肩膀。

"都好!都好!"

林绥收拾好一切才与方易和江一一一块回家。

你踩在我心上了

　　林绥虽然疲惫但也敏锐地察觉到方易一路上的缄默太出奇，他掏出手机登录微博，才发现自己的微博密码被改了，他无可奈何只能用小号搜索自己的名字。

　　弹出来的第一条信息是，林绥没有辱骂粉丝。

　　林绥因为节目的播出又火了一次，在吸引了不少关注的同时也迎来了更多的绯闻。之前的黑料再次被不怀好心的媒体翻出来，但让人出乎意料的是，这一次林绥的工作室没有避而不谈，不仅正面回应还抛出一系列证据，态度强硬，一身正气。

　　当中舆论最高的是当初慈善晚会上，林绥辱骂粉丝的谣言。

　　林绥看着江一一声泪俱下解释全过程的视频，脑袋里顿时成一团糨糊。

　　"这是什么？"

　　方易往后缩了缩脑袋，手上却紧紧抱住林绥的手臂："不是我们不告诉你，是鹿小姐说，你在拍戏不要惊动你。"

　　林绥目光沉沉，没说话。

　　方易硬着头皮解释："这样不是很好吗？谣言澄清了，虽然还是会有黑粉胡乱造谣生事，但是起码相信你的人终于能够理直气壮地为你说话，我看你最近的粉丝数都涨了不少……"

　　"下一步呢？"林绥舔了舔干涩的唇，"下一步是什么？"

　　"主打宣传《云锦》和《醺光》，后续还会联系潘导和徐导放出一小部分花絮，公司那边也会调整你之后的转型安排……"方易顿了一下,"但鹿小姐说一切以你的意愿为准。"

鹿予不了解娱乐圈的规则,那些手段必然是由她身后的军师队伍出谋划策。林绥之前略有了解,鹿铮对于两个掌上明珠十分宠溺,鹿音常年在国外学习没有接触娱乐圈,但鹿予是圈内的名人,所以他为了保护鹿予,曾高薪招聘了一个"智囊团"以应对不时之需。

林绥原本以为是传言,现下看来或许是真的。

林绥在一边失神,方易却以为林绥正在为自己瞒着他而生气,所以搜肠刮肚地想要让对方开心起来,最后总算在脑袋里想起了一件事。

"你之前不是想知道鹿小姐为什么突然约见那么多艺人朋友吗?我那天嘴快,不小心问出口了。"

林绥果然被吸引注意力,转头看向方易。

方易连忙道:"因为你啊。鹿小姐说你不是科班出身,想要为你找一个老师,但是演技精湛又有空闲时间的演员不好找,而其中还有浑水摸鱼的人,所以她花了很长时间。"

林绥脑袋嗡嗡直响,下意识地问:"那找到了?"

方易脸色一僵,神色复杂地小声道:"鹿小姐说,她……她父亲挺有空的。"

林绥:"……"

不,我没有这熊心豹子胆。

你踩在我心上了

05

林绥让方易把行李送回家，然后独自一人待在鹿予家下面。

这个城市终于在短暂的秋季之后迎来了初冬，林绥有鹿予之前给他的门卡，轻轻松松就进到小区里，但当他坐在花坛的秋千上时，突然又有点茫然。

他之前考虑过无数次，要循序渐进地去追求鹿予，甚至打算跟张瑾逸商量制定出一系列的追求计划。但是，他现在满脑子都烧着一团火，他知道自己不理智，但是又隐隐渴望这份不理智让他做出点什么。

冷风飕飕，顺着他的袖口从四面八方围困着他，月光一晃一晃地落在他脚下，他压了压心口，才缓缓吐出一口气。

他当初决定进入娱乐圈时，林绥的爸爸林近和妈妈安冉的态度都非常微妙，他们从来不会过多地干涉林绥的决定，特别是在林绥成年之后更是如此，但那一次他们俩同时缄默不语，互相对视一眼之后就岔开话题。

晚上林绥收拾行李时，安冉才端着果盘进来，她问林绥，有没有做好当艺人的准备。

"当艺人不仅仅需要努力也需要责任，妈妈希望你能明白。"安冉坐在床边，捏着一颗葡萄递给林绥，眉眼带笑，"想不明白也没关系，随时回来。"

林近和安冉都是教师，他们身上带着固有的一种"明辨是非，好善勿恶"的气场,这致使林绥从小到大都是根正苗红的好少年,但也间接让林绥在圆滑的娱乐圈中一直不温不火地混着。

所以他时常吊儿郎当地说,混不下去就回家当小提琴老师,看似漫不经心,毫无野心,其实也不过是他给自己的退路。

林绥刚抬手拉高外套的衣领就见眼前的空地上落下一道影子。

他目光定了两秒,猛地往上一抬。

鹿予有点茫然地看着他:"怎么不进去?"

林绥愣愣地看着她,四周寂静,风声卷着他的心跳声一遍又一遍地敲打他的耳膜。

"怎么了?"鹿予往前跨了一步,"你好像……"

鹿予腰上一紧,刚眨了眨眼就被林绥拥进怀里。

林绥抬手揉了揉鹿予的头发,整个手心里都落着滚烫的热度,从掌心通过血液飞快地流窜到周身,甚至连他的呼吸都是火热的,要什么循序渐进,他现在就是不理智,他的喜欢没有办法让他时时刻刻保持理智。

"鹿予。"林绥的声音喑哑又轻柔,"你为什么……为什么要对我这么好?"

鹿予的下巴压在他的肩膀上,望着前方的视线有一秒的失神,过了会儿她才明白他话里的意思。

鹿予笑了一声,理所当然道:"不是你说喜欢演戏吗?"

"我喜欢,你就帮我吗?"

你踩在我心上了

"嗯。"鹿予的声音平静又坚定,"尽我所能。"

林绥声音一抖像落在水波里摇晃的月光:"万一不行呢?"

鹿予静了一会儿,像是终于鼓足勇气,拍了拍他的背脊:"这不有我吗,总会有办法。"

林绥从踏进娱乐圈的那一刻,他身边的所有人都在想方设法地为他找退路,连安冉也告诉他,不行就回家。所以他一直告诉自己,再过一段时间吧,再混一年吧,不行的话,就算了,当个小提琴老师也挺好的。

可是,现在有一个人告诉他,你往前走,暗礁险滩无法除,但愿意尽我所能。如果没有退路,那我就是你的退路。

林绥的脑袋里一片空白,恍恍惚惚地开口:"你对廖琰也是这样吗?"

鹿予顿了顿,困惑道:"廖琰?"

林绥咬咬牙,继续往下说:"你对他也是这样吗?竭尽所能,保驾护航。"

"嗯?"

"你这样对待他,是因为喜欢他,那……那我呢?你是因为什么?因为合约吗?"

"我什么时候……"

林绥心里一阵难受,压根儿没听见鹿予说什么,他不管不顾地低头自言自语。

"我知道是我逾越了,一开始就说好是协议,白纸黑字一清二楚,但是我……"

鹿予瞄准时机,快速抢回话语权:"我什么时候喜欢廖琰了?"

林绥一愣,时间静止般让两人一动不动。

过了会儿,鹿予往后退了一步,从林绥怀抱里挣脱出来,一脸困惑地解释:"你是不是误会了?我和廖琰……我们其实是从小一块长大的发小,两家是世交关系。"

林绥呆若木鸡,一脸茫然地"啊"了一声。

鹿予以为他不相信,又道:"廖琰这人缺根筋,说话经常不过脑,是不是他胡言乱语些什么,让你误会了?"

林绥终于反应过来,低头看着鹿予:"所以,你们没有在一起?"

鹿予摇摇脑袋,直笑:"如果要在一起,早就在一起了。"

林绥垂死挣扎:"那我之前问你,你们之间的关系,你为什么支支吾吾躲避?"

鹿予想了想,表情难得有点复杂。

"因为我答应过他,不能透露我们之间的关系,不然别人会顺藤摸瓜知道他的背景。"

"背景?"

嗯?廖琰的背景?廖琰还有背景?

鹿予点点头,一脸认真:"你还记得星途公司幕后的老板吗?"

林绥右眼一跳,直觉是不祥之兆。

你踩在我心上了

鹿予:"他就是廖琰的父亲,林姜。廖琰的本名叫林琰,我那时候就是拜托林伯伯帮忙,配合我演了一场戏,让别人以为你是林伯伯的儿子……所以明面上来说,他还是你哥哥。"

林绥:"……"

林绥骤然想起,刚出道时,星途公司要签下廖琰,但廖琰拒绝了,而后转投西行公司。还有廖琰曾经动不动就喊他"弟弟",他原本以为是对方故意要压他一头,万万没想到,廖琰居然还真是他明面上的"哥哥"?

他不仅喜欢上了自己的金主,他还认了自己的死对头当"哥"……

林绥遭受五雷轰顶,脚下一软直接蹲下身,嘴上恍若梦呓:"原来这个故事里,只有我是小白菜……"

鹿予不明所以,跟着蹲下身:"你没事吧?"

林绥视若无睹,一把捂住脸。

原来从头到尾都是他误会了!

缺根筋,说话不过脑,胡言乱语的人不是廖琰,是他。

是他,是他,就是他!他是纵横沙场,放眼江湖,绝无仅有的大傻瓜!

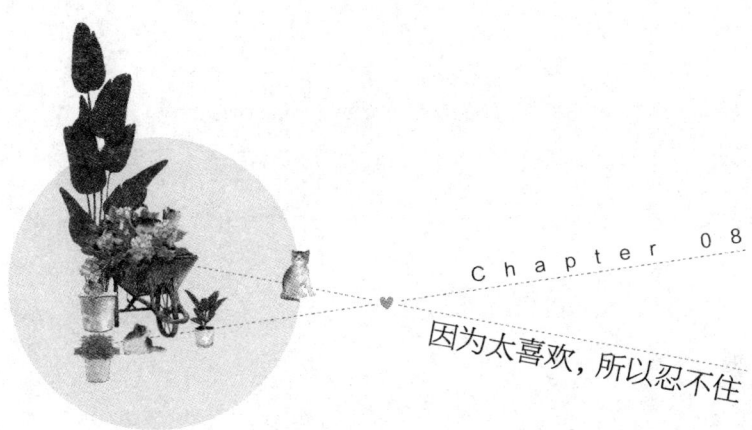

Chapter 08

因为太喜欢，所以忍不住

01

潘导家里有个宝贝女儿叫潘盼，今年正好上大学，所以，潘导决定在女儿十八岁生日那天，宴请娱乐圈的好友来家里为女儿庆生。

林绥听说这件事时还微微讶异，等收到邀请函时就更是瞪直了眼，虽然他和潘导合作过，但是确实说不上多熟稔。

林绥拍了拍手上的邀请函，转瞬将卡片扔进方易怀里。方易立马手忙脚乱地接住。张瑾逸原本乖乖坐在一旁让造型师弄造型，见状便抬头冲造型师笑了笑，探出头往方易怀里看。

你踩在我心上了

"是什么啊?"张瑾逸边问边伸手抽出方易手里的邀请函,打开看了看才说,"成人礼啊,我也收到邀请函了。"

林绥半眯着眼睛让化妆师化妆,闻言挑了挑眉:"你和潘导认识?"

"不认识,但我认识潘导的侄子。"张瑾逸说了名字,是圈内的一个新人演员。

林绥讶异:"他竟然是潘导的侄子?"

"不是我说啊,你真的是混娱乐圈的吗?"张瑾逸摇摇头,"你这瞪大眼睛的表情,好像一个记者。"

林绥:"……"

张瑾逸拿着邀请函自顾自念叨:"我虽然没和潘导合作过,但是有朋自远方来,不亦乐乎,潘导看到我肯定会喜上眉梢,尤其是我还长得这么好看!"

林绥抽空插话道:"你刚才到底看没看清啊,生日会又不是相亲宴,谁还管你好不好看啊!"

"弟弟,这你就不知道了……"

林绥睁开眼轻飘飘地扫了张瑾逸一眼。

张瑾逸和林绥虽然是好朋友,但很少有机会在一块工作,这一次是因为张瑾逸需要拍摄的杂志主题是"好兄弟",他临时找了林绥帮忙,才让两人有机会一块工作。

张瑾逸怕林绥撂担子走人,立马改口:"哥!哥!你是我亲哥!

我跟你说啊，庆祝成人礼不假，但是借机替他闺女找个如意郎君也是真的啊，娱乐圈这种事情多了去了。"

林绥之前倒是没了解过这种事，他一直以为但凡是圈内的人，都不会太同意自己的孩子在圈内找另一半，毕竟圈内的水自己试过，自知深浅。而且潘导的女儿才十八岁啊，找另一半也太着急了点儿。

林绥想到这里，思绪又顺着"藤蔓"落到鹿予身上，按照鹿铮的脾性，他会不会也为鹿予举办一个聚会，从中帮鹿予寻找男朋友？

张瑾逸将背脊靠在椅背上任由造型师在头顶上撒亮片，过了会儿见林绥没说话才偏头看林绥。

"你想什么呢？"

林绥顿了顿，表情不太自然道："潘导他……有儿子吗？"

张瑾逸歪头想了想："没有吧，我就记得他有个女儿……"

"哦。"

"不是！"

张瑾逸突然坐直身子，造型师一时没注意，手上还抓着他头顶的一撮头发，他刚坐直就被拉扯住头发，弹簧似的又躺回椅背上嗷嗷直叫，过了会儿才转头去问林绥。

"兄弟，你为什么要问这个，你难道喜欢的是……"

"你想多了。"林绥截断话头，顺嘴往下说，"我只是觉得潘导和鹿前辈是朋友，鹿予估计会过去……"

林绥还没说完就硬生生地停住话头，张瑾逸早就在一边"哎哟

你踩在我心上了

哎哟"地起哄。

"你和鹿予到底怎么了啊?这几天你一直避而不谈,我问蓁蓁,她也不说,你不会是做了什么坏事吧?"

要真是坏事就好了。

但他完完全全是被自己的愚蠢,蠢得不敢见人。

而且这几天里林绶一直在想,如果鹿予没有和廖琰在一起,那鹿予所做的一切便和"威胁""挑衅"挂不上钩,那鹿予到底是因为什么对他这么好?

是因为合约吗?

是因为责任吗?

是因为爱吗?

张瑾逸见他愣着不说话,急忙催促:"你倒是说话啊。"

林绶抬头问:"一个人会无缘无故对另一个人好吗?"

方易在一旁抢答:"不会,肯定会有原因吧。"

张瑾逸蹙眉想了想,过了会儿终于想到一件事。

"会啊!有一种情况就是这样。"

林绶连忙问:"哪一种?"

"慈善啊!"张瑾逸一脸认真,"事业有成的富豪救助贫困大学生什么的。"

林绶浑身一僵。

鹿予对他这么好,不是因为合约,不是因为责任,不是因为爱,是因为——贫穷。

不温不火又房贷随身的贫困男艺人林绥：鱼哭了，大海知道，我哭了，谁知道？

02

生日会开始的时间是晚上七点，但林绥当天因为工作耽误了时间，开车到指定地点时已经是七点过五分，他将车停在车库后才绕到别墅大门。

生日会在潘导的一栋海边别墅举行，但沿海边的灯没开，林绥远远眺望过去只看见一片伸手不见五指的黑暗，倒是浪潮翻涌的声音，细细碎碎地落在他耳边。

林绥将邀请函交给入口的工作人员，又偷偷询问到后门的入口，打算神不知鬼不觉地悄悄溜进去。

但林绥的计划没能实行，他刚走上长廊，角落里就有人窜出来一把拉住他的手臂。

"林绥？"一位身穿浅黄色小礼服的女生，仰头看林绥，语气带着隐隐的兴奋，"你是林绥吧？"

林绥应了一声，他不认识眼前的人，但娱乐圈里有过一面之缘的人多了去了，或许是什么时候一块拍过戏的演员。

相比于林绥的疏离，对方简直热情似火，林绥看着牢牢抓住自己手臂的手，不自觉地皱了皱眉，他往外抽了抽手，硬是没抽动。

你踩在我心上了

这是遇上女版赛亚人了？

"你能帮我个忙吗？"

林绥还没回过神，对方已经拉着他往大门口走。

小女生力大无穷把他拉到门口，可怜兮兮地解释道："我的搭档放我鸽子了，我一个人不敢进去。"

林绥顿了顿，他虽然不明所以但隐隐觉得不太对劲，他刚准备婉拒，眼前闭合上的大门突然透出一道光，他转过头就见大门往两边缓慢地开启。

林绥暗骂一声，用力往外抽手："等会儿，你先把手放开。"

小女生笑得很甜，嘴上却道："那可不行！"

林绥眉间一跳，眼前的大门敞开后，一道光从前厅直直投射到他们身上，随之而起的还有主持人激昂的声音。

全场的目光都从四面八方投射过来，林绥浑身一僵，刚偏了偏头就见挽住他手臂的女生正一脸笑靥如花地冲众人挥手，半点没有方才胆小怕事的模样，林绥困惑的脑袋瞬间一片清明。

不愧是导演的女儿。

林绥心里早就炸成一团，表面上还维持着最后的镇定，牵着对方一步一步走进宴会厅。

潘导的视线从一开始就火光带闪电地直直落在林绥身上，林绥缩了缩脖子只能故作镇定地继续往前走，好在之后没有其他奇怪的仪式，林绥烫手山芋似的将主人公送到潘导身边就找了借口离开。

张瑾逸站在角落里,笑得直不起腰。

林绥走近对方,一把拿过对方手里的饮料,仰头一口喝光。

张瑾逸笑着问:"你跟她认识啊?"

"不认识,"林绥将空杯子塞回张瑾逸手里,"就是在门口碰巧遇上了。"

四周仍旧有无法捕捉的视线,偷偷摸摸地透过人群打量林绥,林绥低着头恨不得将整个身子镶嵌在墙里面。

张瑾逸突然抬手撞了撞他的手臂:"哎。"

"嗯?"

林绥顺着张瑾逸的视线往另一个角落望过去,在甜点区的一角,廖琰一脸揶揄地捧着小蛋糕冲他笑了笑,旁边站着看不出神色的鹿予。

林绥的心瞬间一跳,刚想细看,鹿予已经转过头将视线投向另一边。

这栋别墅明显经过改造,一楼的客厅很宽,完全改造成宴会厅的模样,最前方还立起一圈高台。潘导此刻正在上面发言,从爱女的诞生之日开始说起,他一改先前暴躁易怒的形象,耐心又细致地把爱女的童年故事讲得催人泪下。

林绥开始怀疑,他办这个生日会不是为了庆祝女儿的十八岁生日,而是为了让大家听他讲他和他女儿的故事。

而且看这势头分明有日更连载、永无完结之日的架势。

你踩在我心上了

林绥刚叹了口气,就见潘导终于愿意将麦克风交到今晚的主人公潘盼手里。

林绥兴致不高地听了两句,目光顺着人群一通辗转,余光刚捕捉到鹿予的浅蓝色衣摆,还来不及细看视线就被突如其来的人影挡得严严实实。

潘盼笑得一脸灿烂:"你找我吗?"

林绥正忙着找鹿予没时间搭理她,语气相当敷衍:"没有。哦,对了,生日快乐!"

林绥往一旁侧了侧身准备离开,潘盼却固执地随着他的脚步往旁边走。林绥抬头看了眼四周望过来的视线,马上便反应过来,对方这是拿他当挡箭牌来了。

林绥的目光追寻着消失在长廊的背影,脸上皮笑肉不笑地快速说道:"你换个人吧,我没兴趣帮你。"

潘盼一愣,等回过神时林绥已经大踏步地融进人群里。

长廊直通露天阳台,但因为位置在角落里,鲜有人过来。林绥急冲冲地跑进长廊,远远地看见鹿予坐在一旁的藤椅上,侧身对着他,视线落在正前方。

林绥刚往前跨了两步,就听见一道兴奋的男声悠悠传出来。

"鹿予姐,你最近有没有时间?能不能帮我新专辑的一首歌填下词?"

鹿予一顿,脸上浮起不咸不淡的笑正想拒绝,对方却突然自觉地往后退一步。

"没时间也没关系，那我可不可以加一下你的微信？"

林绥原本也没有偷听的打算，所站的位置也只能看到鹿予，但现下来看，来的人或许是鹿予认识的人，不然就是鹿铮朋友圈里的哪家小朋友，不然按照以往的经验，对于冒昧跑上来搭讪的人，鹿予早就四两拨千斤地打回去了。

林绥心里一跳，紧贴着墙壁往前蹭了蹭，视线还来不及扫过男生的脸就见鹿予迟疑着低头拿手机。

鹿予不会真要答应吧？

林绥心里一急，没忍住往前跨了一步，硬生生将自己挤进两人的中间。

男生一脸茫然，过了会儿才干巴巴打了一声招呼，林绥快速地扫了对方一眼。

个子不太高，长得很可爱，年龄看起来很小。

林绥脑袋一阵搜索，方易每天都会在他耳边叽叽喳喳说些圈内的事情，其中就有提到一个选秀节目出道的刚成年的小男生，林绥不记得他的名字，但大致记得长相，分明是眼前这个人。

林绥冲他点了点头，转头就迎上鹿予明晃晃的目光。

"有事？"鹿予问。

林绥方才闯进来的气势瞬间一消，一时之间没找到话题，只低着脑袋问："你……你饿了吗？"

你踩在我心上了

"嗯?"鹿予偏了偏头,"不饿。"

林绥一时哑然,身后的小男生却忍不住催促了一声:"鹿予姐……"

鹿予拿出手机解锁,林绥下意识地就握住她的手腕。

鹿予面无表情地抬头看着他。

林绥还没说话,身后的男生就一脸不满地"啧"了一声:"不是,你是谁啊?"

林绥心里正纠结成一团乱麻,脑袋一热转头就脱口而出:"我是你爸爸!"

对方愣了一下,瞬间恼怒。

林绥自觉失言抢先挽回颜面:"霸霸,霸道的霸,我的小名,大名是……"

对方想也没想,冷嗤一声:"父亲?"

林绥:孺子可教。

"你客气了。"

"……"

鹿予叹了口气,终于忍无可忍地歪头冲男生点了点头:"抱歉,我这边有点事,能麻烦你回避一下吗?"

03

露台靠近海边,风声卷着咸湿的水汽迎面而来,海岸边的灯光此刻亮着，暖黄色的光晕下落着三三两两的人影。

远处有高高亮起的灯塔，在黑夜中像一颗遗落在大海上的星星，林绥的手指在栏杆上捏了捏，嘴里干涩得像刚灌进一口海风。

"现在可以说了。"鹿予的睫毛颤了颤，大概是不喜欢扑面而来的风，微微侧身靠在栏杆上，"你找我有事？"

鹿予的态度没有半点不耐烦，甚至镇定得让人感觉到疏离。林绥虽然平时看起来吊儿郎当，但当他想要真心实意地说一段话时，反倒紧张得说不出话来。

鹿予等了一会儿，见林绥依旧没说话，才开口问："你这几天在躲我？"

虽然说不上躲，但林绥这几天确实没有主动找过鹿予，一方面是觉得自己思绪混乱需要时间理清楚，一方面是因为……

鹿予突然笑了一声，眼睛微微弯起，看起来乖巧又无奈。

"你不是找我有事吗？怎么又不说话了？"

林绥耳尖一红，低头摸了摸自己的鼻尖才道："虽然这样说有点奇怪，但我现在心跳有点快。"

鹿予一愣，一时没听清他的意思。

林绥舔了舔干涩的嘴唇，转头看着鹿予。

"对不起。"

林绥的这句话，突兀又无厘头，他原本以为鹿予会一头雾水地反问回来，但没想到鹿予的反应比他想象中的镇定。

你踩在我心上了

鹿予暗自搓了搓发凉的指尖,低头呢喃一声:"原来蓁蓁说的是真的。"

这下反倒是林绥一脸困惑:"什么真的?"

"说你接近我另有所谋。"鹿予神色平淡地望向海岸线,语气却带着不易察觉的波痕,"其实也谈不上另有所谋,合同是我让你签的,资源是我自愿给的,原本也不过是一场合作,但我比较好奇的是,你好像对于我和廖琰的关系很感兴趣。"

林绥顿了顿,缓缓吐出一口气,脸色难得有些尴尬:"你可能不了解,我和廖琰之前在网上是一种……敌对的状态。"

鹿予一脸茫然。

林绥轻咳了两声,解释道:"其实也不算敌对,就是私底下粉丝撕得有点厉害,而且我和廖琰是同一时期出道的艺人,当初媒体为了吸引关注,一而再再而三地将我们放在一块比较,底下评论里全然是一片硝烟,久而久之,网友便下意识地认为我们之间水火不容……"

鹿予突然说:"所以你也这么认为?"

"也不是,"林绥偏了偏头,语气明显带着心虚,"但他买水军黑我,这就说不过去了。"

鹿予微微思忖:"廖琰不会做这种事,应该是他身边的人自作主张。"

林绥趴在栏杆上,漫不经心地继续道:"或许吧,但当时我正处在'至暗时刻',又恰巧在你向我伸出橄榄枝的时候……听信谣言以为你和廖琰在一起……"

"所以你就签下合同,打算从我这里下手抓住廖琰的小辫子?林绥,你怎么会这么幼稚?"

鹿予非但没有恼怒,反倒有些想笑,林绥年长的大概只有年龄,心智完全就是小孩子,也不知道这几年他在娱乐圈里能够活下来,靠的是不是上天保佑。

"不完全是,主要是你当时开出的条件太诱人了。"林绥压低声音,凑到鹿予耳畔,"那你呢?你向我伸出援手,真的仅仅是因为要还陈止的人情吗?"

鹿予毫不犹豫:"是。"

林绥笑了一声又往前凑了凑,热气吹拂在鹿予的耳尖处,让鹿予冷不丁激起一阵酥麻。

"鹿予,你幼不幼稚啊……"

林绥拖着长音,硬是将鹿予耳尖上的那抹绯红越拖越深,林绥刚讶异一声,转瞬就被鹿予一巴掌推开了脸。

林绥其实并不知道鹿予为什么要帮他,方才的试探不过是逗她玩,但她的反应这么大倒是让他始料未及。

鹿予皱着眉看他一眼,转身就往门口走:"没事,我走了。"

鹿予走得又急又慌,耳尖的红色像浪潮似的蔓延到脖颈处,林绥想都没想就伸手拉住她的手腕。

211

你踩在我心上了

他还没开口,鹿予就浑身一颤,挣扎着将手腕拉出来,他索性一不做二不休,直接上前拦住她,与她十指紧扣。

"我正事还没说呢。"林绥喉间滚了滚,低声问,"你有喜欢的人吗?"

鹿予一愣,浑身僵硬,连手都忘了抽离。

"你如果有,我就放手了,如果没有……"

林绥的心跳声震天响,不断地挤压着他的胸口,他的手臂也因为紧张莫名开始颤抖,刚开口就是一串颤音。

"我我……我就、就……"

鹿予眨了眨眼,笑了:"什么?"

林绥咬咬牙,小声说:"我就毛遂自荐!"

鹿予看着他,过了会儿才反应过来:"可我有喜欢的人了。"

林绥脸色一僵,拇指蹭了蹭鹿予的手腕却没放开,半晌才垂头丧气地开口问:"谁啊?"

"你啊。"

林绥一愣,手腕下意识地脱了力,鹿予轻轻松松就将自己的手挣脱出来,边转手腕边往前走,丢下一脸呆若木鸡的林绥。

林绥抬手捏了捏自己的脸,过了会儿又狠狠搓了一把才转身追上去。

"不是!谁啊!你刚说你喜欢谁……"

林绥拦在鹿予身前,急促地喘了喘气,眼睛却很明亮。

"鹿予，你是认真的吗？"

鹿予将颤抖不止的指尖狠狠地搓了搓，在她的正前方有群人正在嬉闹着说话，但距离有点远，听不清话语，但也可能是她的心跳声太大，盖过了他们的声音。

鹿予从来没有经历过这种感觉，她心里像绷着一根弦，轻轻一碰就让身体止不住颤抖，她太紧张了，连张嘴说话都难以做到。

林绥原本按着急切的心，耐心地等鹿予说话，但没想到还没等来鹿予开口，就见鹿予那双好看的眼睛，缓缓流下一道水痕。

林绥手忙脚乱地抬手碰了碰她的脸，接触到一片温热的眼泪。

"你怎么哭了，不哭了啊……"林绥心里一下空了一块，手足无措地低声哄人，"我不问了，不哭了好不好？"

鹿予吸了下鼻子，有点难堪地偏过头："你在演戏吗？"

林绥一脸茫然："什么？"

鹿予的睫毛上还沾着一滴眼泪，摇摇欲坠地晃了晃才从眼角落下，她的声音压得很低，带着小心翼翼的试探："这一次也是演戏吗？"

林绥一愣，反应过来后，脑袋像被敲了一下。

鹿予上一次这么哭，是在他拍《醺光》的那段时间，他当时因为好玩，逗着她演了一段，他当时以为是自己的态度吓到她，导致平时冷静自持的她落下泪来，现在看来或许还有别的原因。

林绥一阵揪心，他微微俯下身，平视鹿予的眼睛，一字一顿道：

你踩在我心上了

"不是演戏,我是认真的。"

林绥一顿:"虽然现在这个场景不太合适,但我还是想告诉你,鹿予,我很喜欢你,是那种哪怕放在心尖上也依旧觉得不够的喜欢。"

鹿予脸上一红,连带手指一阵发麻。

林绥说:"那你呢?你要不要跟我在一起?"

"可你不是喜欢别人吗?"鹿予语气一沉,"蓁蓁说你前阵子还失恋了,那个人又是谁?是潘盼吗?"

林绥茫然地眨眨眼,转念才反应过来,应该是上一次他告诉张瑾逸的事,张瑾逸转头告诉谭蓁蓁了。

"没有别人,只有你。我当时以为你和廖琰在一起,所以才觉得自己失恋了。"林绥抿了抿嘴角,有点紧张地问,"你怎么想?你想和我在一起吗?"

鹿予还没说话,林绥身后突然传来一道男声,而且是一道熟悉的声音。

"鹿予!"

潘导眯了眯眼,一时之间不知道鹿予和林绥两个人傻站在走廊上干什么,他这边正好跟人提到鹿予,便想都没想地喊了一声。

林绥的一腔热血瞬间透心凉,他张了张嘴:"要不,你先过去?"

鹿予点了点头:"好。"

林绥刚想抬脚往旁边站,鹿予突然抬头看着林绥,又重复了一遍。

"好，"鹿予伸出手指在林绥手心里挠了一下，"我答应了，男朋友。"

04

鹿予一走出长廊就融入人群里，林绥按捺住想继续追过去的心，脚下拐了个弯在张瑾逸身边的沙发上坐下。

张瑾逸看见鹿予时还以为谭蓁蓁也来了，但绕了几圈没见到人，才给谭蓁蓁发信息。这会儿他正在跟谭蓁蓁谈论周末要不要一块去新的餐厅吃饭，一时没发觉林绥的异样。

张瑾逸看着手机眼都没抬，只将头往林绥的方向偏了偏："你去干吗了？"

林绥双手放在膝盖上抓了抓："办大事。"

张瑾逸敲打屏幕的手指一顿，片刻才转过头，一头雾水地"啊"了一声。

林绥压了压往上飞扬的嘴角，但没成功，索性破罐子破摔地将脑袋压在张瑾逸的肩膀上，笑得肩膀一颤一颤地抖动。

张瑾逸抬手拍了拍林绥的肩膀："不是，你受什么打击了？"

"不是打击，"林绥终于止住笑，一脸得意，"我谈恋爱了。"

张瑾逸："哈？"

林绥："跟鹿予。"

张瑾逸："啊？"

你踩在我心上了

林绥抬手合上对方的嘴:"好好说话。"

张瑾逸缓了缓神:"我的天哪!"

林绥转过头没理张瑾逸,视线直直地望向不远处的鹿予,鹿予这会儿正一脸认真地听人说话,半点眼神都没给林绥。

林绥不免有点困惑,难道只有他才这么兴奋吗?

鹿予隐隐感觉到投射在自己身上的视线,她顿了顿偏过头迎上林绥的目光,林绥接受到信号,果断地抬起手用力挥了挥。

傻子。

鹿予转过头,眉目难得温柔下来对眼前人道:"不好意思,你刚说什么?"

对方诚惶诚恐地又重复了一遍。

宴会直到晚间十点才正式结束,林绥一早就接到方易的电话,让他一会儿别自己开车回家,他来接他。

林绥一整晚就喝了一杯香槟,但方易依旧不放心,苦口婆心地劝了好几句,林绥无法只能答应。

这会儿人群渐渐散去,林绥等在门口,等鹿予走近之后才一言不发地跟上去。

"你一会儿怎么回家?"林绥莫名紧张地清了清嗓子,"方易等会儿来接我,要不我送你回去吧。"

鹿予想了想:"我们好像不顺路。"

"顺的,"林绥小声道,"天南海北都顺。"

鹿予看了他一眼，耳尖慢慢地红了起来："嗯。"

林绥一路上都陷在"我谈恋爱了，而且对象还是鹿予"的漩涡里，总共没说几句话，为数不多的几句还是方易问他工作安排上的事情。

林绥想都没想，转头看车上的鹿予："你觉得呢？"

方易眨了眨眼，一时没明白过来林绥为什么要问鹿予。

鹿予也是一脸茫然，过了会儿才说："你自己决定就好。"

林绥黏糊糊地说："我想听你的想法。"

鹿予没说话。

林绥转瞬一软："好吧，我自己看。"

方易的表情瞬间诡异了起来，虽然鹿小姐算林绥的"老板"，但也不至于每一个工作安排都管吧，而且林绥今天的态度也太奇怪了。

方易没忍住瞄了眼后视镜，但就这一眼，他差点一脚踩在刹车上。

林绥将自己的左手与鹿予的右手十指相扣，还颇孩子气地抓到半空晃了晃。

"方易。"

方易吓得一个激灵："啊？"

林绥指了指鹿予，脸不红心不跳道："这个以后就是你的老板娘了。"

你踩在我心上了

鹿予斜了林绥一眼,但没挣脱开手,等方易将视线移到她身上时才别扭地点了下头。

"好的。"方易愣愣地把目光重新放回前方的道路上,表面镇定自若,脑袋里在吹唢呐。

小祖宗谈恋爱了,对方是另一个小祖宗。

方易仿佛能够预见未来铺在网上层出不穷的绯闻,以及他勤勤恳恳处理绯闻时苍老的背影。

方易和林绥的关系不比其他艺人和经纪人的关系,以至于方易的第一反应不是着急,而是震惊,等震惊之后才微微苦恼这件事将带来的一系列麻烦。

方易顿了顿,问:"你们是准备之后公开,还是……"

林绥一愣,好像这会儿才重新想起来自己是个艺人。他扭头去看鹿予,正好鹿予也转头看他。

林绥:"嗯?"

"先瞒着吧,你现在正处在上升期,公布的话估计会有点麻烦。"鹿予理智地想了一通,"你觉得呢?"

"听你的。"林绥笑了一声,"不过,你是不是忘了,你比我名气还大呢。"

鹿予收回视线:"我不在乎那些。"

林绥凑近鹿予,逗她:"那你在乎什么?"

鹿予抬手将林绥的脸推开,抬头对方易说:"前面停车就行,麻烦你了。"

方易立马道:"不麻烦,不麻烦。"

鹿予下车之后,方易掉头重新绕上大道。

林绥将自己的脑袋靠在玻璃窗上,不断闪现又往后倒退的霓虹灯从他脸上划过。

林绥突然开口:"我突然有点不知道怎么办。"

方易没明白:"什么怎么办?"

林绥的睫毛缓慢地眨了眨:"我从来没有这样一种感觉,想要把自己身上所有美好的东西都双手奉上的感觉,可是转头一想,自己身上好像没有什么好的东西可以送给她。"

林绥蹙眉将脑袋往玻璃窗上磕了磕,自言自语道:"不行,从明天开始我要努力工作,努力赚钱。鹿予这么优秀,我怎么能什么都没有?我要买车、买房,苏江区那边的房源我之前问过了,靠近江边,风景很好,适合做婚房,虽然价格贵了点,但十年内应该能买下来,十年后我三十四岁,鹿予三十三岁,年龄正合适,你觉得呢?"

林绥自顾自地想着,完全没注意到方易越来越呆滞的脸。

方易想说,这才第一天,想婚房的事情会不会太早了,但林绥的表情太认真了,方易不忍心打断他,而且他这样充满干劲的样子,方易已经很久没有看见过了。

方易顿了顿,只憋出两个字:"很好……"

你踩在我心上了

05

林绥活了二十四年，因为好看的样貌，曾经接收到数不清的赞美和表白，但他从来没有谈过恋爱，虽然见过身边的朋友谈恋爱的模样，但他始终不明白为什么两个人在一起之后会那么腻腻歪歪，为什么总会有说不完的话，为什么恨不得二十四小时都黏在一起。

直到他和鹿予在一起，他才明白，岂止是想要二十四小时将对方捆在身边，简直是恨不得一天有二十八小时。

但他俩的情况与普通情侣不同，他和鹿予是公众人物，每一次见面都得小心翼翼地避开大众的视线，而且林绥最近的行程安排很满，两个人见面的机会是少之又少。

而这次，不仅是林绥要忙，鹿予也要飞去美国给她的姐姐鹿音过生日。

"我爸妈这次难得闲下来一块儿过去，估计会多待几天。"鹿予搓了搓手指说道。

林绥掏出口袋里的暖手宝塞进鹿予手里，赖皮似的往她身上凑了凑："那得待多久啊？"

"短则两三天，长则一个星期吧，"鹿予将暖手宝捂进手心里，"你一直放在口袋里？"

"嗯，怕你觉得冷，你发信息说过来探班的时候我就装口袋里了。"虽然他和鹿予坐在偏暗的角落，但林绥还是下意识将鹿予挡了挡，"要去那么久吗？"

鹿予抬头看他。

林绥笑了笑:"那我想你怎么办?"

鹿予的视线瞬间不稳地晃了晃,片刻才低头说:"我给你发视频。"

林绥满意了:"是明天的飞机吗?"

"嗯。"鹿予连忙加了一句,"挺早的,你别来送了。"

"你跟你爸妈一块儿去呢,我也不好去送。"

他们在一起的事情只有身边亲近的几个人知道,林绥便下意识地觉得突然出现在鹿家父母面前太唐突,但鹿予显然是想歪了,皱着眉想了半天。

"我是觉得有点快,不过如果你想要见我爸妈,我也可以安排。"

林绥一愣,低着头笑个不停:"我不是这个意思,我又不着急。"

林绥正想再说几句,不远处的工作人员便站起身冲他挥了挥手,示意他过去拍戏。

林绥在这部戏里的戏份不多,但作用挺大的,他不敢马虎。

林绥悄无声息地在昏暗的光线中抓了抓鹿予的手,转头往四周扫了一眼:"我去拍戏了,你一会儿回去,到家了给我发个短信。"

鹿予点了点头,刚抬起头就感觉眼前一暗,过了会儿才感觉嘴角一片温热。

林绥移开遮挡在鹿予眼前的手,难得有些慌乱地转过头:"我走了啊。"

你踩在我心上了

鹿予愣了愣，神经紧绷地往四周一扫。这会儿正值深夜，四周的人不多，而且各个都神态疲惫地在忙自己的事情，显然没有人注意到角落里的他们。

鹿予松了一口气，过了会儿才感觉自己脸上的温度比手中的暖手宝更炽热。

林绥这场戏拍得很久，回酒店时已经是深夜两点，再过几个小时就天亮了，好在这一天没有他的戏份，但他有另外的工作安排，而且还得回公司开会。

林绥一边刷开房门，一边觉得头疼，视线一扫就看到酒店桌面上熟悉的保温盒。他关上门后掏出手机，点开鹿予的聊天界面，界面最新的一条消息是两个多小时之前，鹿予跟他说已经到家里了，为了证明真实性，还拍了一张家里的照片。

林绥的手指摩挲着手机屏幕，想说点什么又怕打扰鹿予睡觉，最后只发了一条仅鹿予可见的朋友圈。

林绥查了美国最近的天气，细细叮嘱鹿予要带的衣物，过了会儿觉得不够又没忍住多啰唆了几句，最后才加了一句最情真意切的"早点回来"。

林绥将手机锁屏之后才发现自从恋爱之后，他好像变得越来越啰唆，脾气倒是比之前好了。方易有时候会打趣林绥说，要知道谈恋爱能够收敛他的脾气，自己早就上告天听，让月老给他拉一条红线。

林绥表面上笑着没说话，其实心里恨不得月老在他与鹿予之间牵一条钢筋。

没睡几个小时，林绥在半睡半醒之间就被方易拉着一块到公司开会。

星途虽然是业界的大公司，却依旧保持着比较传统的管理方式，比如每个月例行的会议就是其中一项。

会议时间不长，主要内容是为了警醒和敲打艺人，但也不会像上学时开晨会那样，点名批评。其实每一次参加会议的人数都不一样，一些一线艺人林绥甚至从来没在会议上见过。方易之前也提过，以林绥现在的热度，不参加也可以。

但林绥在这方面固执得可怕，他哪怕没睡醒也要让方易将他抬到会议室，按在座椅上……继续睡。

在林绥看来，他和鹿予之间是挂钩的关系，他没必要因为一时贪睡而让公司管理层觉得他耍大牌，进而影响到鹿予。

方易抱着资料站在会议室门口，等林绥一边打哈欠一边走近之后才跟着他一块往外走。

林绥眯着眼睛往方易怀里扫了一眼："这是什么？"

"电视剧邀约。"方易敲了敲怀里的一沓纸张，"两个现代戏，一个古代戏，知道你不喜欢看邮件，所以打印出来给你挑。"

你踩在我心上了

　　林绥点了点头，伸手将头顶的帽子抬了抬，理了一把头发之后又重新戴上。

　　前段时间《云锦》开播了，林绥的古代扮相在网上火了一把。林绥偷空也去刷了刷评论，其中不乏吐槽他演技的网友，但也有夸赞的声音，其中提起最多的字眼就是"瘸腿"。

　　——林绥整个扮相也太好看了吧！而且这个瘸腿演得好真！

　　——小细节很多啊，下楼梯时的停顿，微微偏向一边的身体，连路透图里我都看到林绥在尽职尽责地扮演"瘸子"。

　　——瘸得真情深感！感天动地！

　　林绥一边翻评论一边一头黑线，不过后来他的粉丝纷纷跑到底下留言解释说，林绥之前录制综艺时不小心把脚扭伤了，估计当时正好在拍戏，就真情实感了一回。

　　其中也有某些知情人士，将林绥原本是男二号但自行决定演男四号的信息透露出去，引得底下一众人惊呼。

　　这类隐秘的信息一般不会流传出去，会流传出去的都是公司想让它流传出去。林绥瞬间没了心思往下看，他当时放弃男二号确实是因为觉得自己能力不够，而且身残志坚，不太合适。

　　但这件事被放在明面上炒作，让他总觉得不太舒服。

　　方易的关注点和林绥不同，他觉得网友喜欢林绥的古代剧是一件好事，还建议林绥之后可以往这方面多发展。

　　果不其然，方易下一秒就开始介绍起怀里仅有的那一本古装剧的情况。

"这个作品是原剧本,是一个关于江湖侠义的故事,感情线不多,是大男主的戏,主角的人设很讨喜也很符合你的形象,因为是原剧本就避免了原著粉这方面的压力……"

"没有其他类型的吗?"林绥突然问。

方易一愣:"什么类型?"

"精神疾病、小侦探之类的角色啊,"林绥想了想,"之前《醺光》那一部戏,我就演得很过瘾。"

方易张了张嘴没说话。

林绥挑了挑眉:"是不是觉得我这样的艺人很特别?"

"不是,"方易缓出一口气,从怀里掏出另一本资料,"是觉得你像神算子。"

林绥停住脚步,接过本子靠在墙上翻了翻,过了会儿,一脸难以置信地转头看方易。

"我刚准备跟你说来着,这个剧的主角就是一个拥有双重人格的侦探,但我对它抱的希望不大,竞争力太强了,公司这边也是费了好大力气才拿到一个试镜机会。我没想到你好这口,去试试也好,说不定瞎猫碰上死耗子呢。"

林绥往后翻了翻,眼底隐隐透出微光。

方易边笑边拍了拍林绥的肩膀,继续说下去:"这部剧是根据原著小说《无声》改编的现代刑侦剧,原作者你也知道,是非常优

你踩在我心上了

秀的作家——方淮。我知道你一直想演绎他笔下的故事，但你应该也知道他所有的作品中，只有之前的《孤身》同意拍成电视剧，主角还是前两年刚拿了影帝的姜磊，所以说……很难拿下。"

林绥合上本子："这么难得的机会，公司怎么会让我去？"

方易一时哑然。

林绥拿着本子往墙上磕了一下："这个资料谁给你的？"

方易顿了顿，忽然明白过来。

"谭蓁蓁。"

06

林绥没说话，将手里的本子重新递还给方易，转移话题问起今天拍摄广告的事情。

林绥最近刚接了一个碳酸饮料的广告，但这个广告是和好几位艺人一块合作代言的，其中一个合作的艺人就是廖琰。

林绥有一段时间没见到廖琰了，最近一次的聊天还是在社交平台上。廖琰大概是知道些什么，一个劲地揶揄他和鹿予，林绥习惯性怼他，两个人跟小学生吵架似的吵了几句，林绥才大大方方地承认他和鹿予在一起。

林绥原本以为廖琰会再调侃几句，但没想到过了会儿廖琰直接发了个视频过来，一脸认真地叮嘱他要对鹿予好。

"我一早就觉得不对劲了，鹿予那人从小就不爱搭理人，如果不是她真心点头认同的朋友，她压根儿就不会主动靠过去。但是她竟然喜欢你，这个还是蛮让我惊讶的。"

林绥拉下脸："什么叫竟然？"

廖琰在视频里干笑了几声，立马借着有工作要忙遁了。

其实不怪廖琰有这种想法，林绥自己也觉得奇怪，鹿予不仅喜欢他，甚至全心全意为他的星途着想，怎么看都像是他撞大运了。

林绥想到这里，不免又想起《无声》的面试，说是公司费尽心思，倒不如说是鹿予尽心尽力为他争取而来，那鹿予是拿什么争取的呢？

林绥心里藏着事，拍摄广告时总是无法集中精神，好不容易过了几条片段后，日头早已西斜。廖琰最开始时还一脸兴奋地拉着林绥说天说地，后面看林绥总心不在焉还以为他身体不适，不敢再闹他。

林绥懒得解释，索性顺水推舟假装自己生病了。

但林绥没想到，他还真生病了。

拍摄结束后，林绥一坐进车里就将帽子往脑袋上扣，微微偏着脑袋闭目休息。方易以为他是因为工作累了，所以没有过多询问，只暗自将车速放慢了。

方易车上有一个歌单是江一一下载的，里面都是轻缓的小提琴曲，方易之前没发现，现下听到最后才发现，她还下载了林绥在综艺里拉的那首《夏日》。

"江一一呢？"

227

你踩在我心上了

林绥平时不太听自己的作品,方易正思考着要不要换一首时,林绥的声音突然从后面传过来。

江——因为家里母亲生病的事情,已经请假了好一段时间。

林绥之前特地交代方易注意一下情况,如果有需要的地方要记得跟他提。

"手术挺成功的,应该过几天就回来了。"方易说。

林绥依旧闭着眼睛,只微微摆正了脑袋:"不用着急,她家里好像就她一个孩子,多待几天再回来吧。"

"嗯。"方易顿了顿,耳朵往林绥的方向偏了偏,"你真没有不舒服?我怎么听着声音不太对。"

"没有。"

"你摸一下额头。"

林绥皱着眉,有气无力地抬手摸了摸自己的额头。

方易问:"烫吗?"

林绥意识涣散地呢喃道:"没感觉出来,我好像全身都挺热的。"

方易吓得一下子踩了刹车。

39.5 摄氏度。

当这个数字从医生口中冒出来时,方易腿都软了,林绥不仅发烧了,温度还直冲烧坏脑袋的边沿靠。

方易心里自责,陪着林绥打点滴时一心一意地给对方当靠枕。

林绥很少生病,平时连个感冒都很少,哪怕真生病了,睡一觉之后就会原地复活,这一次却意外地拖了很久。

林绥熬了两天终于摆脱了阴魂不散的低烧,但感冒依旧没好全,鼻音很重,带着浓浓的疲惫感。方易原本想让他多休息几天,但恰巧这两天他有一个网络直播的采访节目,没时间休息。

林绥录制采访那天,感冒还是很严重,所幸声音还算清晰,但还是有粉丝发现端倪,询问他是不是生病了。林绥点了点头,还老父亲似的叮嘱粉丝们要多注意身体。

下了直播之后,林绥强撑的精气神就被抽离一空,眼皮懒洋洋地搭着,一脸没睡饱的模样。

方易一脸无可奈何:"甲方爸爸都说为你推迟几天了,你还硬着头皮上,我怎么不知道你这么爱工作啊?"

林绥吸了吸鼻子,认真道:"我要赚钱啊。"

林绥回到家里时,脑袋里一阵一阵地疼,想也没想就打算一脑袋扎进被窝里,但方易记得他没吃饭,硬是盯着他喝完一碗瘦肉粥才让他去睡觉。

林绥嘟嘟囔囔地往房间里走,过了会儿,方易便听到房间里传来若有似无的呼吸声。

方易拍了拍发麻的腿,直起身准备离开,但他刚转过身就听到林绥的手机响了。

来电显示是"一颗草莓"。

你踩在我心上了

这个称呼一看就很有可能是鹿予。

方易犹豫着往房间看了看,最后见手机没完没了地响着才试探着接起电话。

"怎么这么久才接?"

鹿予的声音轻轻的,语速却有点快,带着显而易见的着急。

方易连忙说:"鹿小姐,我是方易,林绥……在睡觉。"

鹿予一顿,声音平静了不少:"这会儿才七点,怎么睡了?"

"哦,他感冒了,估计累吧。"方易以为鹿予知道林绥生病的事情,想也没想就告状,"老大现在虽然退烧了,但一直重感冒,偏偏这几天他工作热情爆表,我劝都劝不住他。"

鹿予一愣:"他生病了?"

方易:"……"

方易:我好像做错了什么。

07

林绥生病的这几天为了不让鹿予发现,都是跟鹿予打字聊天,恰巧鹿予这几天也在陪着家人游玩,所以并没有发现林绥的异样,还以为他只是工作太忙。

林绥喜滋滋地瞒了几天,没想到今天一睁开眼就看见鹿予坐在床边一眨不眨地看着他。

方易昨晚走得匆忙,没有去查看林绥房间的窗户有没有关,林绥吹了一夜寒风，早上起来又发起了高烧。林绥浑身发烫，口齿不清地往被窝里钻，方易无法，只能心急如焚地找了相熟的医生来家里给林绥打点滴。

林绥早上隐隐察觉到有人往自己手背上扎针，但眼皮沉重如铁，他连蹭一蹭手腕都觉得费力，没动几下就又陷入沉沉的睡梦中，所以当他睁眼看见鹿予时，还以为自己在做梦。

林绥盯着鹿予直看却没说话，鹿予以为他要说些什么，特地俯下身子靠近他，但不等她说话，他突然伸手钩住鹿予的脖子往下一压。

林绥微微抬了抬脑袋，动作缓慢地将自己的唇贴在鹿予的唇上。

鹿予一愣，还未有所反应，林绥又缓缓张开嘴咬了她一口。

"原来是真的。"林绥拉远了距离，神色清明了些，"你怎么回来了？"

鹿予刚想说话，林绥又后知后觉地抬起另一只手擦了擦鹿予的嘴，皱眉问："该不会传染了吧？我刚忘了。"

鹿予拉下他的手："不会，已经退烧了。"

林绥放在鹿予脖颈上的手没松，这会儿又突然用力将鹿予拉近，亲了一口。

"那就再亲一口，"林绥笑着松开手，坐起身揉了揉脑袋，"你怎么突然回来了？"

鹿予没说话，林绥顿了顿往鹿予身后扫了一眼，正好看见一脸

你踩在我心上了

胆战心惊的方易溜出门。

"你吃早餐了吗？"林绥下床后，顺手牵着鹿予往外走，"我给你煮个面吧？"

林绥这会儿不仅退烧了，连感冒也莫名其妙地好了，声音轻快得不行。

鹿予站在原地依旧没说话，林绥低头捏了捏鹿予的脸笑道："怎么了，怪我没告诉你？我这不是怕你担心嘛。"

"你也知道我会担心。"鹿予说。

林绥依旧笑着："就发烧而已，也不是什么大事，你不会是一听说就跑回国了吧？"

林绥是无心一说，鹿予却垂下视线，耳尖通红。

林绥心里一热，抬手抱了抱对方："谢谢。"

鹿予声音软了下去："应该的。"

"怎么会是应该的……"

林绥声音一滞，突然想起一直以来好像都是鹿予在为他付出。

鹿予没听到林绥继续往下说，还以为他在等她回答。

鹿予将脸贴在林绥胸口，小声道："因为喜欢你，所以是应该的。"

林绥放开鹿予，笑了笑："没有什么是应该的，就算是喜欢我也不行，你对我好，我就应该对你好，但是……我好像没有什么能为你做的。"

林绥继续道:"《无声》的试镜机会是你为我争取的吧?但是我不打算去试镜了,不是因为你的缘故,是因为我想当自己能力足够时,靠自己去争取这样的机会。你为我考虑,我很开心,但是,鹿鹿,不仅是你想为我付出,我也想为你付出。"

深冬的早晨,阳光只透着浅浅的一层暖黄,室内的暖气与室外的日光隔着落地窗相碰,在玻璃上落下一层水雾,雾蒙蒙的,看不清窗外的景色。

鹿予想了想,才大概明白林绥的意思。

鹿予第一次喜欢一个人,心里其实并不知道怎么去处理一段恋情,所以她完全是遵循内心的想法去对林绥好,千方百计地对他好,因为太喜欢了,所以忍不住。

而鹿予从小到大都习惯了,所有事情都是自己亲力亲为,事实上,鹿铮一直以来也是这么告诉她的。直到这一刻,她好像才明白,在爱情里面或许并不需要什么都自己"亲力亲为"。

林绥……是在撒娇吗?让她多依赖他一点?

鹿予哭笑不得,但又觉得他可爱。

"那试镜就不去了,还有,你能为我做的事情有很多,"鹿予往厨房的位置看过去,"比如帮我煮一碗面。"

"好。"林绥放开她往厨房里走,声音慢悠悠地飘出来,"你好像不吃辣吧?"

鹿予跟着往里面走:"一点点,太辣不行,你……"

你踩在我心上了

鹿予刚想问林绥煮什么面，就看到林绥将手里刚拿下的香辣牛肉面重新放回橱柜里，转而拿了一旁的猪骨浓汤面。

鹿予："……"

林绥丝毫没觉得奇怪，还问鹿予："你对方便面的品牌有要求吗？"

鹿予缓了一口气："没要求……"

林绥家里的厨房干净敞亮，面向盥洗池的方向有一扇窗此刻正开着，因为是向阳的位置，阳光直射而入将林绥笼罩其中。鹿予靠在料理台上，看着林绥从冰箱里翻出了两个鸡蛋。

林绥猫着身子，企图在里面再找出一把青菜，但宽大的冰箱里一眼看去满是酱料和腊味，林绥斟酌再三才从里面拿出两条香肠。

"没找到青菜，我给你加香肠吧。"林绥回头问鹿予。

鹿予点了点头又探头往冰箱里看了眼："你平时还买菜？"

"很少，我的技术也就只能做个面了。"林绥拆开香肠外面的包装袋，将香肠放在砧板上，一小块一小块地切开，"那些东西都是我妈给我寄的，她平时不上课的时候就喜欢捣鼓些酱料，每一次都让我做'小白鼠'。"

鹿予笑了笑，打开冰箱门重新扫了一眼。

里面的酱料瓶子确实很多，而且每一瓶都不一样，有些是辣酱，有些是拌饭酱，还有一些是果酱，它们整齐地摆放在一边，底下还压着一小张黄色的便利贴。

鹿予凑近其中一瓶果酱看了眼,便利贴上面写着:太酸,建议糖放多一点。

林绥不仅是小白鼠,还是一只会反馈建议的小白鼠。

鹿予回头看林绥,对方正拿着小木铲在平底锅上煎荷包蛋,嘴上念念叨叨:"应该差不多了吧,但看起来好像有点不太熟……你喜欢吃熟一点的还是……"

林绥突然回头问鹿予,鹿予一时没收住望过去的目光,视线正好和林绥撞个正着。

鹿予移开视线:"都可以。"

林绥笑了笑:"那你帮我个忙。"

"什么忙?"

"你过来,我告诉你。"

鹿予毫无防备地走过去,转头又被他亲了一口。

鹿予:"……"

林绥将荷包蛋放进白瓷碟中,得意道:"你刚是不是想亲我?"

鹿予一顿:"没有……"

林绥小声道:"明明就有。"

鹿予握了握手心,感觉脸上的热度有点烫,嘴上却说:"你今天怎么这么腻?"

林绥反驳:"哪里是腻,这是喜欢你。"

鹿予刚退下的热度,去而复返,甚至连耳朵都有点发热。她能

你踩在我心上了

看出来林绥很开心,或许是因为病好了,抑或是因为……她回来了。

林绥突然问:"你喜不喜欢我?"

鹿予眨了眨眼,视线胡乱往四周瞄了一通,抽油烟机运行的声音很大,在晨光里呼呼作响,但鹿予还是下意识地缓了缓呼吸,想要摁住跳动过快的心跳。

"知道了。"林绥似有所觉地笑了一声,他眼里落着浅浅的光,温暖又明亮。

"我也喜欢你,未来的每一天都喜欢你。"

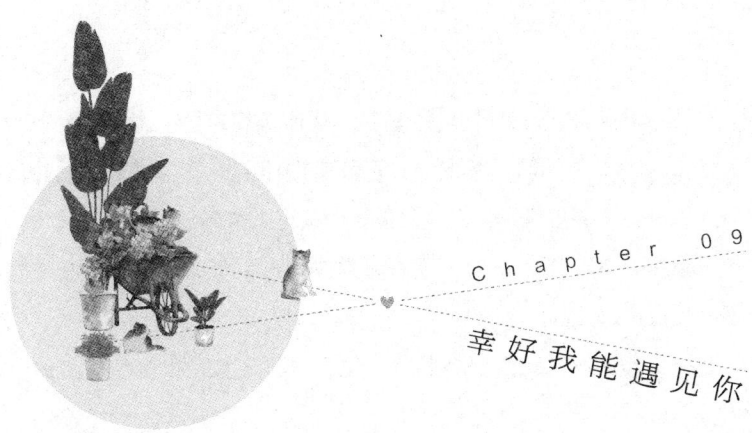

Chapter 09
幸好我能遇见你

01

天气预报说,最近有雨,林绥原本还不相信,直到今天,瓢泼大雨打在窗户上"咚咚咚"作响,还伴随着滚滚的雷声,瞬间将他一大清早昏沉的睡意驱赶得一干二净。

林绥从被窝里翻了个滚,按照网络上的"五秒"起床法,默数了三四遍之后才终于坐起身洗漱。

林绥之前忙于工作,最近空闲下来才想起自己一直没能去拜访陈止。

你踩在我心上了

　　他这几年和陈止的联系并不多，只有春节时会去看望对方。昨天他给陈止打电话时，对方一时还没听出他的声音，过了会儿知道他要去拜访才笑着说，今天让家里给他煮玉米浓汤。

　　林绥喜欢喝玉米浓汤，以前没少去陈止家里蹭吃，但他没想到陈止还记得。

　　在变幻莫测又迅速流转的年岁里，这已经算是很难能可贵的温柔了。

　　于是，林绥满怀着对这场温柔的敬意，顶着大雨和寒风赶到陈止家里。

　　陈止家在临安音乐学院附近，林绥按照导航路过临安音乐学院大门时，还随手拍了一张照片给鹿予发过去。

　　陈止下午有课，林绥便来得特别早。林绥其实不太习惯去长辈家里做客，所以心中不免觉得忐忑，总觉得像是上学那会儿刚结束考试后，害怕被询问成绩单的那种心情。

　　但陈止没询问他的"成绩单"，倒是拉着他一块下棋去了。

　　林绥高中那会儿棋艺还行，但这几年忙着跑通告已经很久没接触棋子，他陪着陈止下了一会儿后，陈止就捏着一颗白棋直摇头。

　　"退步了啊，你以前也就被你爷爷甩一条街，现在肯定甩四五条了。"

　　陈止面上皱着眉，语气却很温和。

　　林绥撑着下巴笑了笑，赶紧捏着棋盘上的黑棋扔进棋盒里："那我们不下了啊,叔。"

陈止叹了口气,嘴上没忍住念叨:"你这就是浮躁,太浮躁了,你这性格怎么还是跟小孩子似的。"

林绥笑得一脸乖巧:"在您眼中我可不就是孩子嘛。"

陈止瞬间失笑,徐阿姨在厨房里探出头,冲陈止比画了两下手里的勺子。

"你别一天天的念念叨叨,小绥好不容易来一回,你要是把他念走了,中午你也别吃饭了。"徐阿姨转而将视线放在林绥身上,脸上笑成一朵花,"乖乖,你在这儿等会儿啊,阿姨给你做好吃的。"

二十四岁的乖宝宝林绥冲陈止挑了挑眉,转头笑得一脸人畜无害:"好的。"

陈止摇了摇脑袋,将话题转移到林绥父母身上。林绥虽然和陈止联系不多,但他父母和陈止的联系倒是只多不少,他妈妈安冉给他寄果酱的时候也会顺手给陈止家寄几瓶。

林绥一直乖乖应着,冷不丁陈止突然话锋一转,问起他的终身大事。

陈止说:"到底有没有,没有的话,叔给你介绍。"

林绥没有否认:"改天带她来见您。"

"那好,你可得记住了啊。"陈止站起身走到茶几旁的长椅上坐下,一边冲洗茶具,一边问,"那女孩是圈内人吗?"

"是。"

你踩在我心上了

陈止皱了皱眉，似乎不太认可，但嘴上也没提反驳的话，只说在一起就好。

林绥其实明白陈止的想法，娱乐圈里能够在一起走到最后的人很少，大多数时候不是和平分手就是撕破脸皮在网上互爆黑料，哪怕最后结婚了也有可能因为种种原因离婚。

但其实这种事情并不是只出现在娱乐圈里，只不过艺人生活在镜头下，稍有蛛丝马迹就被媒体剥个精光。

林绥坐在沙发上，捧着一杯热茶刚喝了一口，放在桌上的手机就响了一声。

林绥看了看屏幕顶端的时间才点开短信。

鹿予：你去临音了？

林绥：没有，我过这边找陈叔叔。

林绥：你今天起得比平时晚。

林绥刚收起手机，抬头就看见陈止一脸似笑非笑地看着他。

"女朋友？"陈止问。

林绥笑了笑将手机重新放回口袋里，脑袋里却突然闪过一个念头。

林绥说："叔，你之前是不是有个学生叫鹿予？"

陈止一愣，过了会儿眯着眼笑起来，显然是对鹿予印象很好。

"是啊，鹿予这孩子挺乖的。"陈止一提起自己的得意门生就停不住了，"鹿予去年不是还拿奖了吗，这孩子真行，说起来前段时间她还来看过我，说是工作上不太顺心，就来找我聊聊。"

林绥随口问了一句："不顺心？"

"是啊，说是陷入瓶颈期。"陈止倒掉茶杯中凉了的茶，抬手添了热的，"鹿予什么都好，就是对自己太严格。她之前上学那会儿就是这样，凡事都得做到最好，我之前听学生说，她有灵感的时候可以一整天都不吃不睡，就跟黏在床上似的，一支笔一本笔记就过一天。"

林绥虽然知道鹿予对待工作很认真，但也没想到对方能逼迫自己到这种地步。林绥皱着眉，暗想回去之后一定要和鹿予说清楚，工作要完成，一日三餐也不能少。

林绥沉默着没说话，陈止还以为对方是惊讶，笑着拍了拍林绥的肩膀。

"这可不是什么好事啊，你别学，每天都得给我按时吃饭，胃病可不是小事啊……"陈止突然一顿，恍然想起什么，"你跟鹿予是不是认识啊？"

林绥下意识地"啊"了一声。

陈止想了想："我记得鹿予上次来好像提起过你，当时我们正好聊到乐器的问题，我随口提起说你的小提琴拉得不错，她当时还点头赞同，走的时候跟我拷贝了一份你以前拉小提琴的视频。"

林绥一愣，他小时候拍过那部电影之后就再也没有参与过娱乐圈的活动，凭借摇滚歌手出道那会儿已经是他大学毕业之后，鹿予

241

你踩在我心上了

只有可能是在他重新出道那时候知道他,可是鹿予怎么会注意到他,而且为什么她从来没有提过,这件事跟合约有关系吗?

林绥想不通,心里却隐隐觉得奇怪。

林绥斟酌着措辞说:"叔,我和鹿予确实认识,而且这段时间她帮了我很多忙,她说,是为了还你的人情。"

陈止一头雾水:"人情?还什么人情?鹿予哪里需要还我人情?"

林绥也是一脸茫然,试探地问:"那你们那天有提过合约的事情吗?"

"合约?"陈止想了想,"没有啊,那天我们就聊了一些日常,她给自己的压力太大了,所以我让她去休息一段时间,而且写不出作品这种事情,越是逼自己越是没效果,我还开玩笑让她去试试谈恋爱,说不定会有意外效果。"

陈止想到这里,转头问林绥:"你俩不是认识吗,你应该知道吧,鹿予谈恋爱了吗?"

林绥:谈了,男朋友就在你面前。

林绥一时哑然,还没来得及想清楚怎么说,陈止就被徐阿姨喊进厨房去帮忙。

徐阿姨的厨艺一直都很好,不然林绥小时候也不会常常去蹭饭,这次因为林绥的到来还做了一大桌子菜。林绥刚吃了没两口青菜,碗里就被徐阿姨夹了各种各样的肉铺着,他偷空和陈止聊了两句,想再问问鹿予的事情时,徐阿姨就开口制止说:"食不言,寝不语。"

林绥只能收起小心思,专心吃饭。

午饭结束后,林绥帮着徐阿姨收拾碗筷,刚走进厨房就听到门铃响起的声音。林绥没回头看,只感觉陈止慢悠悠地过去开门,随后就听到他兴奋地问"你怎么来了"。

林绥好奇地探头一看,顺着厨房门沿看见鹿予提着两箱补品正和陈止说话。鹿予大概是接收到林绥的视线,微微偏头望过去。

陈止立马介绍道:"哦,这是林绥,你应该还记得吧?"

鹿予看着林绥笑了一声:"嗯。"

林绥擦干净手,走到鹿予身边,小声地问:"你怎么来了?"

鹿予:"来接你。"

林绥一愣,眼睛瞬间一弯:"怎么没跟我说啊?"

"说了,你没回我信息。"鹿予说,"我以为发生什么事了就直接过来了。"

林绥这才想起,他将手机放在桌上了,后来也一直没去看过。

陈止在一旁脸色古怪地将视线扫在两人身上:"你们……"

林绥与鹿予对视了一眼,轻咳了一声,难得脸红地伸手揽住鹿予的肩膀。

"叔,给你介绍一下,这是我女朋友,鹿予。"

02

下午一点,鹿予和林绥告别陈止从南燕公寓出来。

你踩在我心上了

鹿予方才是自己开车过来，林绥便一直跟在对方后面开车回鹿予家里。林绥将车开进车库之后才想起来看手机，鹿予一个小时之前给他发了好几条信息，最后一条就是说她要过来找他。

鹿予虽然厨艺不好，但家里经常会备着一些食材，偶尔兴致高涨就对照着网络上的菜谱，进厨房给自己做吃的，但成功的概率很低，一般最后都是靠外卖解决。

林绥之前才猜测鹿予是因为嗜睡才起晚了，后来看见鹿予眼睑下青黑色的痕迹才知道，她从昨晚开始压根儿就没睡过。

屋内有暖气，林绥将脱掉的大衣挂在玄关的衣架上，转身走进厨房去翻冰箱。

冰箱里的食材不少，但林绥能做的东西有限，他关上冰箱正想问鹿予要不要吃意面，转头就看到鹿予窝在沙发上睡着了。

鹿予怀里抱着一个星星形状的抱枕，身上随意地盖着小毛毯，屋内的暖气很足，窗外的大雨已经停了，隐隐有雨后的日光穿过一旁的落地窗爬进来。

林绥蹲在鹿予身前，刚探出手碰了碰鹿予的脸，鹿予就顺着他手心的方向钻，将温热的脸塞进林绥手心里。

鹿予闭着眼，声音带着未清醒的黏糊："嗯？怎么了？"

"没事，"林绥的拇指擦了擦对方的耳朵，声音放得很轻，"要不要吃点东西再睡？"

鹿予花了点时间思考，过了会儿才模糊不清地说："可我好困。"

"那你早上吃东西了吗?"

鹿予皱着眉,大概是被林绥吵得不耐烦了:"喝了牛奶。"

林绥还想说点什么,鹿予突然半眯着眼直起身,钩住林绥的脖子就将自己凑了过去。

周身都是暖光,连呼吸也滚烫异常地交融在一块。

鹿予移开自己的嘴,将脑袋靠在林绥肩膀上:"不说话了好不好?"

林绥心里一软,半睡半醒的鹿予比平时更软,连说话的口气都带有撒娇的嫌疑。

"好,"林绥将另一只手放在鹿予的腿弯处,"那我抱你进去睡觉。"

林绥从房间出来后给方易打了个电话,让方易带一些点心过来。挂了电话之后,他才跑到电视下的抽屉里找影碟,想要找一部老电影打发时间,但他刚拉开抽屉就见到一沓纸放在最上面,纸上标有音符和歌词,但只有几页上落有字迹,而且上面反复修改的痕迹有很多,最上方落着"祝福"二字,应该就是歌名。

鹿予最近的状态不错,显然是度过了一开始的瓶颈期,但林绥却没有因此而松下一口气,他一想到陈止今天所说的,鹿予上学时不吃不睡的状态就觉得脑袋一阵一阵地疼。

他觉得鹿予离这种状态又不远了,而且鹿予性格倔,哪怕他劝她估计也起不到太大的效果,他此刻站在这里恨不得给对方灌个迷

你踩在我心上了

魂药,睡个三天三夜。

但作为根正苗红的乖孩子,这种事显然是不能做的,林绥只能另辟蹊径转身将鹿予房间的窗帘拉上,关掉屋内的大灯,又将电影的声音按小,试图给对方营造一个最舒服的睡觉环境。

或许是因为太疲惫,鹿予这一觉确实睡了很久,方易来了又走了之后鹿予也依旧没醒,林绥看了好几部影片,中间还因为眼睛疲劳偷眯了一会儿,等屋内挂钟的指针指向晚上十点时,她才睡眼惺忪地从房间里走出来。

鹿予刚睡醒,脑袋里还是一团糨糊,抬手按亮客厅的大灯后看见林绥时还愣了好一会儿。林绥从沙发上站起身,拿过衣架上自己的大衣走过去将鹿予整个人罩住。

"刚从被窝里出来,别着凉了。"林绥的大衣很长,鹿予被紧紧裹在里面,显得身躯更加娇小。

鹿予扯了扯头顶的帽子:"这个就不用戴了吧,而且屋内开着暖气。"

林绥压着她的头顶不松手:"你先穿一会儿,等会儿热了再脱。"

"你吃饭了吗?"鹿予问。

"没有,等你啊。"

"等我干吗,你先吃就好了。"

林绥笑了笑:"我哪里知道我家小朋友这么能睡。"

鹿予摸了摸鼻尖,转头看见落地窗外漆黑一片的天空。

林绥似有所觉："这会儿十点多了，你要吃些什么，我叫外卖，或是让方易出去买。"

　　鹿予依旧望着窗外："要不，我们出去吃吧？"

　　林绥一愣，他和鹿予很少会出去吃饭，一来是怕被人认出来，二来是公司也不太同意艺人私自往人多的地方跑。

　　鹿予见林绥没说话，追着问了一句："行吗？这会儿很晚了，而且天气这么冷应该人不多。"

　　"为什么突然想出去吃了？"

　　鹿予不太好意思地揉了揉脸："我突然很想去坐坐公交车，我之前从来没有坐过……刚才梦里梦见和你一块去坐了。"

　　林绥啼笑皆非，伸手摸了摸鹿予的脑袋。

　　"那你先回答我一个问题。"

　　鹿予抬头看他。

　　林绥声音很轻，表情却有隐隐压制不住的慌乱："你当初为什么会和我签合约？"

　　鹿予的睫毛瞬间快速煽动了两下。

　　林绥低头看对方，一字一顿道："鹿予，你是想要谈恋爱，还是想要和我谈恋爱？"

　　陈止虽然说当时是开玩笑之举，但联系后来鹿予和他签订合约，无条件给予他帮助，如果排除"还陈止人情"这一点，他实在搞不懂鹿予为什么会帮他。

你踩在我心上了

唯一的可能就是鹿予真的信了陈止的话。

他刚和鹿予在一起那会儿,谭蓁蓁就和他说过,鹿予虽然写过不少关于感情的歌,却从来没有谈过恋爱,她歌曲里所附带的"心动"都是天赋加持形成的,跟她自己的感情经历没有关系。

"你别看她冷冷淡淡、满不在意的样子,其实她对待感情特别认真,所以你要好好对待老大,千万千万不能辜负她。"

林绥当时陷在兴奋中答应得很爽快,以至于完全没想过鹿予为什么会喜欢他,甚至选择跟他在一起。

鹿予张了张嘴没说话,她眼尾有点红,大概是方才睡觉时蹭到的,但此刻看起来却隐约带着手足无措。

林绥抱着对方完全没办法好好说,他叹了口气,松开手往后退了一步,但他刚退开一步,鹿予就一脸慌乱地拉住他的袖子。

"我……"鹿予脸上是之前没有过的着急,"我其实很早之前就见过你。"

林绥一愣:"多早?"

鹿予抓住林绥衣袖的手倏忽一紧:"你刚出道那时候,是我让星途把你签下来的。我见过你在毕业典礼的晚会上拉小提琴的视频……正好当时星途在寻找新人,我爸随口问起我,我就将你推荐给了他。"

难怪星途这么大的公司会找上他,难怪星途哪怕对他的黑料不予理睬却没有雪藏他,原来他们一早就将林绥与鹿予联系在一块。

林绥喉间滚了滚:"为什么?"

鹿予小心翼翼地看了林绥一眼："顺眼。"

林绥乐不可支，他还以为鹿予会说出什么惊天动地的理由，但这个理由倒也是符合她的性格。

"那后来呢？"

"后来就是在慈善晚会上，你爆出丑闻那一次，我正巧撞见了全过程，我当时觉得你很奇怪，莽撞又赤诚……那时候我因为工作上的困境去找陈老师，陈老师说让我换一个方式去体验生活或许会有不一样的收获。"

林绥直言道："他让你谈恋爱吧，所以你就想起之前顺眼的'我'，决定和我签下合约，试着找找看谈恋爱的感觉？但因为心中有愧，所以尽你所能保我星途璀璨？"

林绥的手指下意识地一抖，当他说出口时才感觉到原来自己有多恐慌。

"是这样吗，鹿予？"

鹿予皱着眉微微恼怒："不是，我从来没有想过要靠一份合约利用你，我选择你是因为知道在我心里，你对于我来说不一样，可是我不知道你会怎么想，我从来没有想过要主动去靠近一个人，我不知道怎么做，我手上仅存的价值就是我手上的资源。"

鹿予鼻尖一酸："我是自私，我捆绑你，接近你，想要你也像我靠近你一样，靠近我，我确实是因为听了陈老师的话才决定去找你，但不是因为想谈恋爱，是因为我确定喜欢你，所以想和你谈恋爱。"

你踩在我心上了

　　林绥半天没有说出一句话，只是看着鹿予。

　　鹿予神色一变，紧紧抿着嘴，仿佛下一刻就要落下泪来："你走吧。"

　　林绥过了会儿才笑出声："那你还抓着我的袖子。"

　　鹿予一言不发，手上依旧紧紧抓住林绥。

　　林绥抬手压了压对方的眼尾："所以，早上你之所以赶过来，是因为怕我发现陈叔叔没有欠你人情这回事吗？"

　　鹿予没说话，但也没反驳。

　　"你是有多傻啊，因为还人情这个理由来帮我，我一开始就没信过。"林绥伸手抱住对方，"我当时想着一定要看看你到底是因为什么，可我现在知道了却也没有多开心。"

　　鹿予在他怀里吸了吸鼻子，大概是确定他不会离开了，语气又恢复一开始的平静："为什么？"

　　"你的喜欢比我早了那么多，"林绥凑在鹿予耳边小声说，"我要嫉妒死了。"

　　"可我喜欢的人是你啊。"

　　"什么？"

　　鹿予以为林绥没听清："我喜欢的人是你。"

　　"谁？"

　　"你。"

　　林绥将下巴压在对方肩膀上，笑得肩膀一颤一颤。鹿予后知后觉地反应过来自己被林绥戏弄了。

　　林绥弯了弯嘴角，伴着震耳的心跳声轻轻将吻落在鹿予额头上。

　　"真乖，亲亲我的小朋友。"

03

　　深冬夜里街道上的行人不多，但林绥出门之前还是将鹿予包裹得严严实实，并在鹿予的反驳下依旧在她头顶上压了一顶帽子。林绥之前留了心眼儿，特地买了两顶普通的黑色鸭舌帽，另一顶原本是做备用，这时候正好将它送给鹿予。

　　林绥之前吃过方易买过来的甜点，现下并没有觉得太饿，但鹿予显然是饿惨了，刚出门没多久就随手指了一处面店走了过去。

　　这家面店用小铁棚搭着，四面透风，只有简易的小木桌和塑料凳子，这会儿接近凌晨，倒是有三三两两晚归的路人坐着吃面。

　　鹿予压在帽檐下的眼睛瞬间一亮，林绥之前也没在这种面店吃过，心里也隐隐好奇，他找了一张靠近角落的位置让鹿予先坐下等他，他才走过去跟老板要了两碗汤面。

　　冬天的夜里，只有两大碗热气腾腾的汤面，他和鹿予。

　　林绥从来没有想过这几样东西会结合在一块，出现在他的生活里，时间带来意外、苦难，但同样也带来惊喜和欢愉，很奇妙，感觉像是将自己的生活打乱重组，升华出不一样的意义。

　　他的生活因为鹿予而延伸出不同的意义。

你踩在我心上了

鹿予平时的胃口不大,但今天硬是将一大碗汤面吃了下去。林绥拉着鹿予走去公交车站时,鹿予还兴致高涨地问他,以后要不要开一家店。

林绥问:"开什么店?"

鹿予想了想:"饺子馆吧。"

"这么接地气吗?"林绥笑了笑,"我以为你会说火锅店之类的。"

林绥拉了拉脖子上围脖,将整个下巴压了进去,声音慢悠悠道:"你我总感觉饺子这种食物很奇妙,指尖一点一点用面皮将馅料包裹住,这一个过程看起来就很用心。"

林绥刚想说包子和馄饨也是这么做的,为什么不开包子铺,鹿予就似有所觉察地抬头看了林绥一眼,林绥立马收回溜到嘴边的话。

"好,以后我们就去开饺子馆。"林绥的目光柔软地落在鹿予脸上,"等我们退休之后没事还能去包包饺子,如果你不会,我们就一块儿学,如果你不想学,你就坐着收钱。"

"好。"

鹿予应了一声,将右手从口袋里拿出来,伸出去抓林绥的左手。林绥在她的指尖触上他手心的那一刻,就一把将她拉过去,十指相扣。

他们走在深夜的街道上,旁边川流不息的车辆从他们身边飞速行驶而过,路灯很亮,将他们的影子往前延伸而出,照出紧握在一块的手。

天空漆黑,没有月光,风声中裹着寒意,这天地万物之间,仿佛只有他们的手心是热的,热出一块滚烫的小宇宙。

公交车站牌旁没有人,林绥便拉着鹿予的手没有松开,等坐上末班车时,林绥也没有松开。

公交车上有两个拿着公文包的男人,但他们都靠着车窗闭眼休息,完全没有注意到林绥和鹿予经过他们,坐在最后一排。

鹿予坐在靠窗的位置,显然很开心,目光频频从车窗往外面望。

林绥压了压帽檐,又将外套的立领拉高挡在下巴处,转头问鹿予:"你不会真的没坐过公交车吧?"

鹿予点了点头,目光从玻璃窗上移到林绥脸上:"我小时候特别羡慕别人能坐公交车回家,觉得很有趣,但我爸不同意,坚持要开车亲自接我回家,所以对于我来说,我的童年其实很无聊。"

林绥捏了捏鹿予的手指:"没关系,以后你想坐,我就陪你一块儿坐。"

鹿予说:"被拍到了怎么办?"

"那就公开好了。"林绥漫不经心地继续捏着鹿予的手指,"我最怕的是你不同意和我在一起,但你现在都答应了,其他我也没什么好怕的。"

鹿予没说话,只是更加用力地握了握林绥的手。

公交车平稳地在夜风中穿行,车内的暖灯落在他们脚下,从窗边缝隙偷偷潜入来的风绕到他们手上又穿堂而过,鹿予将脑袋靠在林绥的肩膀上,声音轻得像呢喃。

你踩在我心上了

"真好啊。"

林绥无声地勾起嘴角:"是很好。"

04

林绥昨晚将鹿予送回家之后已经是深夜两点,他和鹿予待在一块儿的时候还未觉得困倦,一分开独自开车回家时才觉得脑袋沉重得吓人,仿佛全身所有的力气都被抽离一空,整个人都不太清醒。最后,林绥只来得及在入梦之前给鹿予发了晚安,之后就昏迷似的一觉睡到中午。

林绥晚上有通告,下午必须得起床去化妆。卧室的窗帘拉着,只有浅浅的光线透过窗帘洒落在房间里,林绥模模糊糊地伸手去床头柜上拿手机,指尖刚触碰上就被一阵铃声吓得一缩。

林绥迷迷瞪瞪地拿到耳边:"喂。"

方易连忙说:"你现在就在公寓待着,晚上去游戏平台探望的活动,我已经联系对方推迟几天后再开始,虽然到时候录制时间会延长一小时,但也没有办法了……"

林绥揉着脑袋坐起身,一头雾水:"什么没有办法了?"

方易一顿,语气一沉:"你和鹿小姐昨晚被拍到了。"

林绥的太阳穴猛地跳动了两下,他没想到鹿予昨晚随口说出的一句话,真的应验了。

林绥连忙起身跑到窗户边扯开一角窗帘往外看:"拍到什么了?

牵手了？"

楼下密密麻麻一群记者守在小区大门前，偶有几个还探头往上看，林绥立马拉上窗帘走到一边。

方易一口气瞬间提了起来："你们还牵手了？"

林绥皱着眉，没说话。

方易想了想才说："鹿小姐那边的公关比我们速度更快，可能太亲密的照片被压下来了，现在网络上铺天盖地都是你们两个走在街上的照片。"

林绥靠在墙上松了一口气："那还好。"

"还好什么啊！"方易急得焦头烂额，"小祖宗啊，冬天深夜，你和鹿予走在大街上散步？这原本就是令人匪夷所思的事情，网友的键盘手你又不是不知道，这会儿已经将你之前'包养'的绯闻又翻出来了，还有对比图呢，说你抱上鹿小姐大腿之后顺风顺水……"

媒体将问题扯到他身上，林绥反倒不那么慌乱，包养就包养吧，本来他也是靠着鹿予才能继续走这条路。他这么想着，便也将话这么说出去了。

方易停了好一会儿，最后才心不甘情不愿地答了一句："你们可不是这种关系啊，你们是正当的男女朋友关系。"

林绥直笑，不等方易再说话就抢先道："我一会儿再联系你。"

方易纳闷："都这会儿了，你还要干吗？"

林绥挑了挑眉："安抚我家小朋友啊。"

255

你踩在我心上了

林绥给鹿予打了电话，鹿予接得很快，仿佛一直在等他的电话。

果不其然，鹿予开口的第一句话就是："睡醒了吗？"

林绥讶异："你怎么好像一点都不慌？"

"哦，"鹿予一顿，语气加快了一些，"怎么办啊？"

林绥被对方乖乖配合的样子逗乐了，过了会儿才低声问她："害怕吗？"

鹿予说："怕什么？"

林绥自出道以来就浑身黑料，对于网上的谩骂早已习以为常，只要不看就行了，但是刚才给鹿予打电话之前他快速地翻了一下微博，里面对鹿予的谩骂也不少，或许是大家一开始就习惯了鹿予高高在上、不落凡间的形象，现下便觉得鹿予的仙女人设崩塌了。

可是鹿予原本就没有人设，她的性格就是这样。

林绥揉着额头小声说："可我有点害怕，我怕他们骂你。"

鹿予那边瞬间没了声响，过了会儿林绥才听到她放柔的声音。

"我不怕他们骂我，你也别怕。"鹿予的语气很认真，"我没有做错事，我喜欢上一个人，我和他在一起，我觉得很幸福，我一点都不怕。"

林绥一时间说不出话来，鹿予每一次都是这样，看似是不懂迂回的钢铁直女，但其实每每都是将他柔软的心一戳再戳。

林绥说："喜欢你。"

鹿予一愣："什么？"

"没什么。"林绥望着窗帘,仿佛透过窗帘与楼下的众人对视,"就是突然想告诉你,我很喜欢你,能够喜欢你让我觉得很开心。"

鹿予那边又没声音了,过了会儿才听到鹿予有点慌乱的语气。

"我挂了,"鹿予想了想,"你记得吃午饭。"

然后不等林绥说话,鹿予那边就挂断了电话。

被媒体拍到在一起的绯闻时没有慌乱的鹿予,因为他的一句"喜欢"就慌乱地挂掉电话。

也太可爱了吧,是吃可爱多长大的吗?

林绥笑着收起手机,心里莫名安定下来。

我喜欢上一个人,我和他在一起,我觉得很幸福,我一点都不怕。

林绥在心里将这句话又念了一遍,真诚而又坚定地加了一句:

我也是。

05

网络上关于鹿予和林绥的绯闻闹得沸沸扬扬,甚至有大V举行了一场鹿予和林绥到底有没有在一起的投票,其中百分之70的人投"有"这个选项,下面的留言也是有理有据的分析,两边粉丝更是纷纷开启"我们都知道你们谈恋爱了,就你们自己不知道"的状态,日夜等着他们官宣,连良辰吉日都挑好了。

甚至有网友大言不惭地提出"他们要是没有在一起,我直播吃凳子腿"这种豪言壮语。

你踩在我心上了

这也太凶残了一点。

林绥一边摇头一边拿小号给他点了个赞。

林绥和鹿予商量了一下,觉得出面否认的话估计以后还得打脸,所以他们决定双方的态度都是不回应也不理睬,时间一久热度就会降下去。

这个方法也确实有效,但林绥觉得很憋屈。

林绥前几天飞往省城参加节目录制时,在机场被一群记者围堵住了,闪光灯和麦克风都快捅到他脸上,但他也只能忍气吞声地低着头。方易在一旁护着他,江一一跟在他身边小声地替他加油打气。

"哥哥,你是最棒的!"

"哥哥不说话,世界美如画!"

"哥哥礼让人,绅士懂事又喜人!"

虽然旨在鼓励他不要与记者面对面硬碰硬,但听着怎么这么奇怪。

林绥心里苦,憋屈又辛苦。

但好在这种事情持续了一段时间之后就不了了之了,记者朋友们转而将更多的目光放在了某位一线女明星离婚的事情上。虽然这种想法不太好,但林绥心里确实因此松了一口气。

天知道在那些记者问"你和鹿予是不是在一起""你们为什么深夜待在一起""你们已经计划结婚了吗"诸如此类的问题时,林绥多想回答"我们就是在一起""深夜没事一块散步不行啊""结不结婚跟你有关吗"。

天天噼里啪啦问那么多,能不能给我主动公布的机会啊!

但林绥不能说,说了他就完蛋了。

而且最近公司正在策划他的生日会,明令要求他谨言慎行,如果是生日会也就罢了,但这一次公司明显是打算连同生日一块儿,举行一场演唱会。林绥之前还没发觉,等公司在微博发出通知后,他才知道原来他的粉丝中有很多是他的事业粉。

原本以为自己只能靠颜值吃饭的林绥,瞬间上进心爆棚,除了赶通告之外,其余时间都是赶去录音室练歌。

风声一过之后,林绥和鹿予又悄悄在私底下见面。

林绥有时候待在录音室,鹿予就陪着他一块待在录音室,林绥练歌,她写词,互不打扰。

一开始林绥公司的工作人员还觉得讶异,后来有一次遇见他们头碰头凑在一块说话后才终于顿悟,之后便统一默认了他们待在一块的状态。

距离生日会开始的倒数第十天,鹿予给林绥送了一份生日礼物。

当时林绥正坐在录音室的沙发上看手机上的歌词,鹿予拿着一本本子站在林绥身前,林绥原本没抬头等着鹿予说话,但等了半天都不见鹿予开口,他才将视线上移到鹿予脸上。

"怎么了?"林绥放下手机,拉了拉鹿予的手,"是不是觉得

你踩在我心上了

无聊了？"

"不是，"鹿予一顿将手中的本子递给他，"想让你帮我看看。"

林绥其实很少过问鹿予写词的进度，一方面是觉得自己也不太懂，一方面也怕鹿予觉得有压力，所以这还是他第一次看到鹿予完完整整的作品手稿。

林绥将鹿予拉到沙发上坐好，低头认真地翻看本子上的歌词。

鹿予说："这是初稿，我还给它作了曲，作品雏形在我工作室的电脑里。"

林绥没说话，盯着本子上面的"祝福"二字发愣。

鹿予又说："你觉得怎么样？"

林绥下意识地回答："很好啊，只要是你的作品，哪里会不好？"

"那你喜欢吗？"

"喜欢啊，送我吗？"

林绥原本就是随口一说，鹿予却认真地点了点头。

"送你，"鹿予看着林绥的目光很柔软像漂浮在水中摇摇晃晃的蒲公英，"生日快乐，林绥。"

林绥一愣，他当时在鹿予家的抽屉里看见这个本子时，心里只是单纯地替鹿予感到开心。鹿予重新拥有作词的能力，能够再次拥抱她最喜欢的事业，他替她开心，但他没想到这首歌是鹿予送他的生日礼物。

林绥喉间一哽，一时说不出话来。

鹿予依旧看着他，一字一顿道："这首歌为你而写，谢谢你成为我绝无仅有的灵感。"

林绥鼻尖一酸，莫名其妙觉得眼眶有点热。他侧过身抱住鹿予，他不知道应该说什么，他的胸口里压着一大团东西，让他感到甜蜜也让他感到酸涩，他总觉得他对鹿予付出的爱太少了，无论他怎么做都觉得不够。

"谢谢你，"林绥偏头吻了吻对方的耳尖，"我很喜欢。"

鹿予笑了笑："那我就放心了。"

后来几天，林绥就开始在录音室里奔走相告，恨不得人人都知道鹿予为他写了一首歌。江一一和方易还被林绥强制要求坐在录音室里听了他练歌。因为是新歌，林绥刚开始唱得并不好，后来大概是爱情的力量，让他坚持不懈地没日没夜地练习，最后总算将《祝福》唱出他自己的风格。

林绥之前很少唱抒情歌，方易还一直以为他不适合走抒情路线，现下才知道，是因为他缺少一首适合他的歌。

江一一在一旁兴奋得直冒星星眼："虽然我的 CP 散了，但哥哥能找到喜欢的人，我也觉得好开心啊，而且对方还这么厉害，让我突然有点想哭。"

"你别，"方易立马阻拦，"你敢哭我就把你轰出去。"

方易一边说着一边录了个小视频发给果果的妈妈。过了会儿，林绥从录音室出来，方易已经在和果果通视频了，林绥走过去打招呼，

你踩在我心上了

果果立马哭哭啼啼地喊林绥。

林绥哄他:"哎哎哎,别哭啊,小宝贝怎么了?"

果果抽抽搭搭地说:"我抢不到你生日会的票……"

"没事,到时候让你爸爸带你进来。"

"可以吗?"

"当然。"林绥将镜头往方易身上偏了偏,示意方易点头。

果果看见方易点头之后才收起哭声,林绥的余光瞥见鹿予走过来的身影,连忙抬手冲果果挥了挥,转瞬就消失在镜头里。

鹿予的视线在方易的手机上停留了几秒:"小宝贝?"

"嗯?"林绥一愣,过了会儿才反应过来鹿予不是在喊他,是在问方才那段视频。

林绥解释:"是方易的儿子,叫果果。"

鹿予点了点头,没说话。

林绥说:"生日会我给你留了位置,在第一排中间,你隔壁的位置我原本也是打算留给你,看你要不要带朋友过来,但是刚才果果说他想去,我把他安排在你身边行吗?"

"嗯,"鹿予顿了顿,"但我不太会照顾小孩。"

"没事,果果很懂事。"林绥拐过转角,带鹿予去他的休息室,"其实还有一件事。"

"什么?"

"你……来当我的嘉宾吧。"

鹿予倏忽抬起头。

林绥说:"我想把《祝福》留在最后,让你为我弹钢琴。"

鹿予微微皱起眉:"我没问题,可是你想清楚了吗?"

他们刚经历了一场绯闻,这时候其实并不适合同台出现,这个决定直接等同于半公开的状态。

林绥明白,他之前的想法就仅仅是想和鹿予同台,但这一刻,他突然从内心里涌现出一种渴望,他想要随时随地、毫无顾虑地跟鹿予在一起。

这个决定这么突然,连林绥自己都吓了一跳,但是有一根芦苇轻轻扫在他心上,让他蠢蠢欲动,甚至迫不及待。

"鹿鹿,我们公开吧。"林绥低下头拿额头轻轻磕在鹿予额头上,"我想要毫无顾虑地和你站在一起。"

鹿予被林绥突如其来的决定砸蒙了,可是林绥的眼神那么认真,像深邃的星河一点一点地将她吸引过去,无法挣扎。

鹿予过了会儿才笑着说:"好。"

06

"你说什么?"

方易摸了摸自己的耳朵,他刚才都听见什么了?

"我想在生日会上公开。"林绥的脚尖在地上点了点,随着转椅在原地转了一圈。

你踩在我心上了

方易一口气没喘上来,差点背过去:"你认真的吗?现在距离生日会开始还有五个小时,你跟我说你要公开?我什么都没有准备啊小祖宗!"

"不用准备。"林绥话音一断,突然想起什么,"哦,你给我准备一束花吧,结束之后送给鹿予。"

方易脑袋里一片混乱,过了会儿才问:"鹿小姐知道这件事吗?"

"知道。"林绥偏过头看方易,"哥,我知道有点任性了,但是我想要光明正大地和她在一起,而且我并不觉得这是一件坏事。"

方易看着他,最后才咬咬牙:"我知道了。"

林绥笑得一脸乖巧:"谢谢。"

"卖乖没用。"方易拿着手机走出化妆间,过了会儿又从门边探出头,"生日快乐啊,小祖宗。"

林绥隔空冲他比了个心。

方易离开没多久,张瑾逸就吊儿郎当地从门外进来了。

张瑾逸前阵子刚和谭蓁蓁确定了关系,两人还一块去日本玩了大半个月。林绥原本就觉得羡慕,偏偏张瑾逸还时不时地给林绥发秀恩爱的照片,气得林绥把他拉黑了。直到张瑾逸回来之后,被经纪人压着没日没夜地努力工作,林绥才大发慈悲地将他从"小黑屋"里放出来。

张瑾逸将手上的盒子递给林绥,笑着道:"生日快乐啊。"

林绥笑着收下,抬手拍了拍张瑾逸的肩膀:"蓁蓁没跟你一块过来?"

"她今晚有事回家了,还让我跟你道歉来着。"

"这倒不用。"

"你刚干吗了?我看方易急急忙忙地往外走。"

林绥没隐瞒直接将公开的事说了。

张瑾逸整个人都呆住了:"你认真的吗?"

林绥点点头:"认真的。"

张瑾逸缓了半天,过了会儿才笑着揽住林绥的肩膀:"你这是生日壮胆啊。"

不是因为生日,是因为太喜欢了。

林绥心里想着,面上却没反驳。

生日会开始的时间是晚上六点,结束时间是十一点。除了唱歌、小提琴表演之外中间还设置了和粉丝互动的游戏环节,林绥心里装着事,一晚上都有点过于紧张,连主持人都看出来了,忍不住在游戏环节里打趣他。林绥笑着说,是因为现场太多粉丝了,随后底下就掀起一阵欢呼和尖叫。

林绥的生日会请了不少朋友,很久不见的廖琰和高崇也在其中,一开始主持人还调侃说,这次生日会完全是明星见面会,还挨个给现场的粉丝介绍到场的艺人。

当主持人念到鹿予的名字时,底下粉丝愣了两秒,之后就是

你踩在我心上了

冲破天际的尖叫声，林绥在声浪中还隐隐听见有人大喊"双鹿是真的"。

但也仅此而已。

大多数粉丝还是秉承着正主不发话，谣言不可信的追星准则，但是，林绥的行为完全是在一步一步地动摇他们的准则。

生日会上的最后一首歌，林绥特地换了一身黑色的休闲西装，领口处还打了白色领结，一出场就引起底下一阵浪潮。林绥站在立麦前，舞台上只有一束光落在他周身，他一字一顿地介绍最后一首歌。

"生日会的最后一首歌对于我来说很重要，它是我一个非常重要的人送给我的礼物，它叫《祝福》，原唱歌手是我，作词作曲，鹿予。"

底下静了两三秒之后，场面瞬间失控了，有粉丝在尖叫，有粉丝在号哭，甚至有人站起身喊林绥的名字，特别是在舞台的角落里出现了另一束光时，身穿白色连衣裙的鹿予又再一次将场面掀起高潮。

众人都仿佛预感到什么，混杂的声音在最后都变成高声尖叫。

林绥冲底下打了个静音的手势，耐心示意他们安静下来，等全场的声浪渐渐消散之后，鹿予才将双手放在琴键上开始弹奏第一个音符。

林绥第一次感受到紧张感完全充斥全身，但是这种紧张又让他隐隐感觉兴奋，鹿予之前很少在观众面前露脸，虽然大家都知道小才女鹿予会弹钢琴，却是第一次亲眼见到鹿予弹琴。

鹿予身上有一种奇怪的力量，你能够完全感受到她的认真，而且她的这种认真会让你深陷其中，让你会下意识地看着她，一直看着她。

林绥在唱最后一段的时候，不由自主地走到鹿予身旁，最后索性直接靠在钢琴上，在结束的时候直接牵着鹿予重新走到舞台中央，连同其他舞台上的乐队成员一块谢幕。

林绥压低声音问鹿予要不要说点什么，鹿予还没说话，底下就有粉丝带着沙哑哭腔大喊了一声："你们是不是在一起了？"

林绥抬头与鹿予对视了一眼，凑在麦克风旁看着鹿予问："你觉得呢？"

鹿予没看林绥，直接往前一站，清亮的声音透过麦克风传遍会场:

"我觉得是。"

林绥紧紧扣着鹿予的手，走上前和鹿予一块站在麦克风前，他的声音很轻，透着笑意和温柔。

"今天是我的二十四岁生日，我选择在这一天将这一件事告诉大家，没有特别的理由，就只是想和你们分享我的开心。一直以来都是你们支撑着我继续往前走，你们是我的力量，也是我的运气所在……"

林绥话音一顿，底下的粉丝已经哭成一片。

"现在，我想正式和大家说一声，我找到了自己非常喜欢的女

你踩在我心上了

孩。"林绥转过头去看鹿予,"她非常好,甚至好到我觉得自己不够好,但是我会努力,为你们也为我最爱的小朋友。"

舞台上的光渐渐暗下来,只剩下头顶的几盏暖光,从四面八方涌过来的声音将林绥和鹿予拥在一块,不知道是谁起头喊了一声"哥哥",下一秒底下一群人跟着一块喊了一声:

"哥哥,生日快乐!要一直幸福啊!"

大屏幕上的林绥瞬间眼眶一红,然后不顾底下的喧嚣和所有的工作人员一块跟大家道晚安。

生日会结束之后,林绥发布了一条新微博,配图是他在舞台上靠着钢琴低头看鹿予时的照片,配文写着:

这个世界上绝大部分的东西都是累积而成的,比如积沙成塔,水滴石穿。

比如我喜欢你。

07

"林绥和鹿予在一起"这条新闻在生日会结束的二十分钟后直接被顶上热搜,比起其他艺人情侣公布时的震惊,这一次的网友更多的是哀号"终于官宣了",仿佛全世界都默认他们在一起,只是他们自己忘记官宣。

林绥和鹿予虽然在此之前和家里透露过彼此的身份,但双方家长还是被这一次突如其来的公开吓了一跳,特别是鹿铮,话里话外都透露出要尽快与林绥见面的意思。

林绥知道这件事时已经是距离"官宣"好几天之后,当时他正窝在沙发上和鹿予一块看电影,鹿予问他怕不怕见鹿铮。

林绥抬手将鹿予肩膀处滑下去的毯子往上拽了拽,重新包裹住她纤细的脖子。

"害怕倒是没有,但我总觉得不太好意思。他这么疼你,我却把你拐走了,现在还拉着你一块公开,他估计不会多喜欢我。"

鹿予将脑袋靠在林绥的肩膀上,这会儿已经接近凌晨,她的眼皮开始一点一点地往下压,连带声音都有点软。

"不会的,他这么疼我也一定会喜欢你。"鹿予闭着眼睛,小声问,"你爸妈会不会不喜欢我啊?"

屋内只开着一盏壁灯,柔光细密地铺洒在他们身上,身后的墙壁落着他们依偎在一块的影子。

"不会,"林绥伸手摸了摸鹿予的脸,"你这么可爱,所有人都会喜欢你的。"

鹿予大概是真的困了,抬手直接抱着林绥的腰将脑袋往他怀里钻。

"林绥。"

"嗯?"

"幸好我能遇见你。"

林绥低头亲了亲对方的脸:"我也是。"

你踩在我心上了

林绥话音刚落,怀里就传出绵长又安稳的呼吸声。

今晚的月光很亮,光晕将周围的云层拖出清晰的纹路,软绵绵的,像是一口橘子味的棉花糖,屋内的电影正播放到高潮处,主人公抱在一块哭诉衷肠,背景音乐是一段温柔的钢琴曲。

林绥抱着鹿予,突然有一种时间飞驰的错觉,让他第一次有些渴望,月亮的光能落在他肩上,守护时间的神灵能够听见他的愿望:

让我喜欢的人,平安欢喜。

让这一刻的岁月,无穷无尽,生生不息。

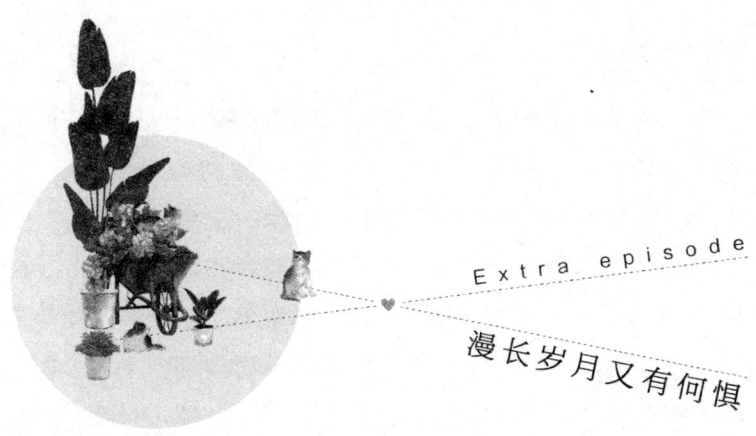

Extra episode

漫长岁月又有何惧

01

林绥和鹿予当时轰动一时的"官宣",在众人心里留下不可磨灭的印记。每当娱乐圈中有艺人被爆出新恋情时,他们都会作为模板被拉出来作比较,甚至有粉丝喊话自己的偶像,如果有喜欢的人、在一起的人,一定要告诉大家,他们永远是为偶像保驾护航的冲锋战士。

但即使大家对当时的"双鹿CP"满怀期待和好奇,也没能在之后窥探到一星半点秀恩爱的场面。这几年,林绥和鹿予仿佛是约定

你踩在我心上了

好了一样,从来不秀恩爱,加上鹿予很少参加活动,也就很少能看到两人同框。

粉丝们更是只能从细节里抠糖。

比如林绥发的日常照里,背景的窗户和鹿予上次发的照片背景里的窗户是同一个;比如林绥最近的机场照里,背包侧边的小麋鹿挂件,鹿予工作室的书架上也有一个一模一样的;比如鹿予生日那天,廖琰微博里发出的照片里,出现鹿予和林绥凑在一块切蛋糕的影子。

正主不发糖,粉丝只能自食其力做最厉害的显微镜女孩,但老话说得好,越努力越幸运,这不,就让他们逮住了正主同框的直播现场。

林绥举着手机的手有点僵硬,直播平台的界面上满屏幕的"啊啊啊啊"不断往上翻滚,林绥看得头疼,偏偏刚提着食物进屋的鹿予浑然不知地将食物放在桌上,眼都没抬地问林绥吃什么。

"我买了饭团,还有糕点,你最近嗓子不好,我就没给你买咖啡,买了一杯蜂蜜水,你要不要先喝两口?"

鹿予低头将塑料袋里的食物往外拿,但等了好一会儿,林绥都没有回答她。

鹿予匆匆往他身上扫了一眼,只看见他正拿着手机在看。

"你在自拍吗?发微博?要不要我给你拍?"鹿予问。

林绥眼睁睁地看着界面上的粉丝从"啊啊啊啊"变成"抓到了",再到"原来哥哥微博里的照片都是嫂子拍的"。

林绥从来就不是会掩藏自己喜好的人，这么多年坚持不秀恩爱是因为怕给鹿予带来负面影响，但现在是鹿予自己撞上来了，他没理由推开。

　　林绥很开心地笑了一声，转过头看鹿予："你要不要过来打个招呼？"

　　鹿予一愣，视线下意识地转到手机屏幕上，满屏的粉丝都在刷"嫂子好"，她瞬间一僵，难得手足无措地转头看着林绥。

　　鹿予说："你怎么没说啊？"

　　"我这几天一部剧刚杀青，脑袋正休眠呢，要不是方易早上提醒我，我自己也忘了直播这回事了。"林绥索性一不做二不休拿着手机走到鹿予旁边，"你怎么突然过来了？"

　　鹿予别扭地往一旁站了站："发信息你没回，就猜到你没醒来吃早餐。"

　　直播屏幕上的粉丝正屏气凝神地听他们聊天，这会儿都纷纷侦探上线，推测说林绥不知道鹿予会过来，但鹿予却自己进屋了，证明鹿予手上有林绥家的钥匙。

　　这一口糖来得猝不及防，粉丝们又开始变化身"啊啊怪"。

　　林绥扫了一眼屏幕，乐了，直接抬高手机拉住鹿予和粉丝们道别："我们要吃饭啦，今天的直播有点早，你们也快去吃早餐。"

　　粉丝们机智地回："我们都吃饱了！哥哥不要再喂了！"

　　其中也有粉丝摇旗呐喊让鹿予说几句话。

你踩在我心上了

　　林绥问鹿予："你要不要说点什么？"

　　鹿予正拿着一杯牛奶喝着，闻言咬了咬吸管冲屏幕笑："大家要好好吃早餐。"

　　粉丝们立马嗷嗷直叫："好的！什么都听你的！"

　　"真乖，"林绥笑着冲屏幕挥了挥手，"拜拜啊。"

　　林绥挂掉视频之后才坐在一边和鹿予一块吃东西，鹿予将蜂蜜水递给林绥，自己依旧喝着手里的牛奶。

　　"你后面有一个星期的假期？"鹿予问。

　　林绥点点头，捏了一小块糕点递到鹿予嘴边："别光喝牛奶。"

　　鹿予张嘴吃了，一边咀嚼一边试探着问："你有什么计划吗？"

　　林绥停下吃饭团的动作，抬头看鹿予："有。"

　　鹿予的表情显而易见地低落下来："什么计划？"

　　"陪你啊，"林绥抬手捏了捏鹿予的脸，"我这一个星期都要跟你腻在一块。"

　　鹿予"啧"了一声，嘴角却不经意地往上弯起："你的粉丝知道你是棉花糖吗？"

　　林绥笑了笑："你知道不就好了……嗯？你突然这么问，是不是有计划啊？"

　　鹿予托腮，食指在下巴处一点一点地敲着："想去天池看星星，我听说那边四周没有酒店，要在景区大门附近搭帐篷露营，有点想去。"

"那就去。"林绥很爽快地答应了,"我去查查资料,我们一块去,不过……"

"嗯?"

"你后天不是要参加圣言奖的颁奖典礼吗?"

鹿予神情一顿:"好像是。"

林绥哭笑不得:"你可是被提名圣言奖的最佳作词人,你能不能有点紧张感?"

"反正也拿过一回了。"鹿予相当佛系地坐在椅子上继续喝牛奶。

"那我们大后天出发?"

"明天准备,后天出发。"

林绥猛地站起身看她:"你认真的吗?万一拿奖了怎么办?"

鹿予一脸天真:"拿奖了就让蓁蓁上去领奖。"

林绥歪着脑袋看鹿予:"你不会是因为去年圣言奖的主持人在台上取笑我一事,记仇记到现在吧?"

鹿予的视线一晃:"没有。"

林绥没说话,就只是笑着看她。

鹿予的目光从一旁的沙发再到茶几最后又重新转回林绥身上。

林绥的视线紧咬不放,鹿予只能实话实说。

"任何一个合格的主持人都不该拿黑料去戳人痛处,而且她和

你踩在我心上了

圣言奖的主办方这么多年以来一直是合作关系,她敢这么说,证明是经过主办方默许。"

"但她的主持风格就是这样。"

"那我的性格也就这样,"鹿予将吸空的牛奶瓶扔进垃圾桶里,挑了挑眉一脸无畏,"我就不想去。"

林绥舔了舔干涩的嘴唇,笑着走到鹿予面前,低下头用力亲了亲她。

"你怎么连嚣张的时候都这么可爱。"

林绥刚想直起身,鹿予却突然抬手捧着林绥的脸,异常认真地回吻回去。

"我都没舍得欺负你,别人也不行。"

林绥看着她,心口一片温热。

这是他和鹿予在一起的第四年。鹿予前段时间刚吹过二十七岁的蜡烛,但林绥却依旧觉得他们仿佛还像刚在一起时那样,永远如胶似漆,永远看不够彼此,永远想方设法地去寻找更好的方式爱对方。

这几年林绥除了演戏之外还开过几次演唱会,获得更多的掌声的同时也受到更多的质疑,而鹿予也在一步一步地变得更好,为电视剧写歌,与国外的电影公司合作创作歌曲,甚至在去年尝试着去写剧本,他们的生命轨迹在岁月的更迭下逐渐重叠在一块。

努力原本就是很伟大的词,更何况是为了彼此。

林绥突然蹲下身,自下而上地看着坐在高椅上的鹿予,他喜欢这个角度,他喜欢仰望着自己生活中最美好的那一部分。

"鹿予。"

"嗯?"

"喜欢你。"

永远虔诚,永远忠于你。

02

天池属于景区,这几年却有些荒废,因为海拔有些高,附近几乎没什么店铺。林绥和鹿予搭好帐篷之后已经临近黄昏,他们坐在帐篷里将带来的蛋糕和奶茶解决一空之后才出门去池边。

这会儿正直夏季,山里蝉鸣、蛙叫声很响亮,蚊虫自然也少不了,所幸池边的空地很宽阔,旅人也很多,随处都可见架着摄影机的摄影师,在林绥他们前面还有不少天文爱好者挑着角落摆放望远镜。

林绥和鹿予只戴着帽子和平光镜,但周围的所有人都将视线放在即将入夜的夜空中,并没有发现他们的存在。

林绥拉着鹿予在一处大石块旁坐下,一边聊天一边看着天空渐渐暗下来,最后在黄昏与黑夜交际之时,浮现出宛如碎钻的星星。

当天空真正暗下来之后,天际出现了一道小小的银河,它在山的后面像茫茫星球落下的一尾白色裙摆,光芒璀璨,亮如白昼。

周围有压低的嬉笑声和谈论星座的声音,林绥伸出手去拉鹿予

你踩在我心上了

　　放在怀里的手。林绥刚想说些什么，鹿予放在口袋里的手机突然一振。林绥看了看时间："可能是结果出来了。"

　　鹿予没什么表情地应了一声，转头问林绥："你觉得我能拿奖吗？"

　　林绥拉着鹿予走远了一些之后才笃定地说："你一定能拿奖。"

　　鹿予一顿，她从来没有觉得只有拿奖才能证明自己，但这一刻因为林绥，她也不免从心里燃起期待。

　　鹿予接听了谭蓁蓁的电话，还顺道将扬声器打开了。

　　谭蓁蓁的声音有些迟疑："老大……"

　　林绥立马心里一紧，鹿予却依旧不咸不淡地"嗯"了一声。

　　谭蓁蓁叹了口气，林绥的心也随着跳到嗓子眼。

　　"哎……"谭蓁蓁一顿，突然音量一高，"老大！你拿奖了！哈哈哈哈，我刚上去帮你领奖了！我的天，我第一次上那个舞台，紧张死了！"

　　方易在一边显然也是憋不住："她偏说要吓吓你们，我在一旁都憋死了！鹿小姐恭喜你啊，恭喜你再一次拿奖！我家老大在你旁边吧？你们是不是开着扬声器啊？"

　　林绥松了一口气，笑着应了一句："就你冰雪聪明啊。"

　　方易嘿嘿直笑，过了会儿才说："你们好好玩啊，庆功宴的大餐我们帮你们吃了。对了，廖琰和张瑾逸刚还在说你们不够意思，不找他们一块旅行。"

林绥哼了一声:"他们一天天的能不能别做人家电灯泡。"

谭蓁蓁在一旁直笑:"没事,有我呢,保证未来几天不让他们打扰你们的二人世界。对了,老大,奖杯怎么办?"

"放在工作室吧,"鹿予显然不想多说,"没什么事我挂了。"

谭蓁蓁连忙"哎哎"两声,自觉将电话挂断了。

林绥冲鹿予张开手:"来,抱一个。"

鹿予伸手抱住他,笑着小声说:"我原本以为我一点都不在意,但是知道拿奖的那一刻心里还是猛地一跳,挺开心。"

林绥摸了摸她的头:"这是你应得的,鹿鹿,恭喜你。"

"嗯,"鹿予扬了扬脖子望向林绥身后的那片星空,"恭喜我们。"

林绥放开鹿予,突然说:"我其实有两件事一直想告诉你。"

鹿予一愣:"什么事?"

"第一件事,我在市中心盘了一家店铺准备开饺子馆,现在正在装修,但是店铺名还没想好,想让老板娘帮我一块想想。"

鹿予的指尖动了动,抬手拉住林绥的衣角:"你怎么还记得啊?"

林绥答非所问,笑着将背在身后的右手伸出来手心向下张开,铂金项链里挂着一枚星钻戒指,摇摇晃晃地出现在鹿予眼前。

"第二件事,鹿小姐,你愿不愿嫁给我?"林绥心里紧张,手心也止不住地颤抖,"我知道不太浪漫,但是我忍不住了,你这一颗星星只有真正接受我的求婚,才能算属于我,我希望你尽快属

你踩在我心上了

于我。"

鹿予张了张嘴没说话。

林绥抬手将项链戴在鹿予脖子上,凑到鹿予耳边小声说:"没关系,你不用马上就给我答复,等你愿意的那一天再将它戴在手上也不迟。"

林绥偏过头,将颤抖的手心按在对方脸上,抬高了对方的脸直接吻了下去。

"反正我会一直等你。"

03

假期的最后一天,鹿予窝在酒店里的床上不肯起床,林绥便独自一人外出去买早餐。等林绥回来时,鹿予还依旧藏在被子里没有探出头。

林绥放下食物,走过去掀开被子,轻轻碰了碰鹿予的脸。

"起床了,先把早餐吃了再睡好不好。"

鹿予嘟嘟囔囔地翻了个身:"不好。"

林绥退了一步:"那起码先把牛奶喝了,不然等会儿胃疼了。"

鹿予皱着眉终于同意从被窝里坐起身,林绥拿过一旁的漱口水递给她,自己拿着热毛巾等在一边,等她漱完口才帮她擦脸。

鹿予闭着眼睛,身体左右晃了一下:"我们是下午的飞机吗?"

林绥点头:"嗯,不过你要是太累,我们就改航班。"

"不用了。"鹿予抬手将长发束起,眼睛总算有些清明,"我们一会儿出去给家里买点特产吧。"

林绥坐在床边拉过她的手捏着,笑着问她:"你家还是我家啊?"

鹿予斜他一眼,红着脸抽回手,起身下床:"不都一样嘛。"

"那可不一……"

林绥调侃的话音一顿,摩挲着指尖的手突然没有预兆地一抖,他骤然抬头往鹿予身上望过去。鹿予正站在桌前喝水,大概是接收到林绥的视线,一头雾水地转过身。

林绥将视线落在她脸上,然后顺移到她戴着戒指的中指上。

"你……"

林绥一开口突然带出一阵哭腔,他吸了吸鼻子,眼泪却比他的动作更快地从眼角滑了下来。

他竟然哭了?

林绥愣愣地擦了一下自己的脸,鹿予也吓了一跳,连忙走过去趴在他的膝盖上,抬头看他。

"怎么了?"

"不知道,"林绥吸了吸鼻子,"我刚才就是很开心。"

鹿予瞬间失笑:"傻子。"

林绥眨了眨泛红的眼:"你答应嫁给傻子了?"

鹿予眼中的柔光又覆了一层:"嗯,因为太喜欢了,所以忍不

你踩在我心上了

住答应。"

　　林绥伸手抱住她。

　　酒店里很安静,只有窗外的车鸣声悄悄爬进来,今天的太阳很大,夏天的燥热随风而来钻进他们紧紧相贴的胸口。

　　时间每一刻都在流逝,世界每一秒都在变化,这个世界上有人相遇,有人离别,有人重逢,有人至死不见,没有人能够阻止万物更迭,就像没有人能够保证青春永驻一样。

　　但是——

　　林绥:"我会一直在你身边。"

　　只要我们在一起,漫漫岁月又有何惧。

本书由稚初委托长沙大鱼文化传媒有限公司正式授权花山文艺出版社,在中国大陆地区独家出版中文简体版本。未经书面同意,本书的任何部分不得以图表、电子、影印、缩拍、录音和其他手段进行复制和转载,违者必究。